COBALT-SERIES

ひきこもり神官と潔癖メイド

王弟殿下は花嫁をお探しです

秋杜フユ

集英社

Contents
目次

ひきこもり神官と潔癖メイド
王弟殿下は花嫁をお探しです

The Characters
登場人物紹介

ディアナ
しっかり者で、
少々(?)潔癖なメイド。
城の掃除担当をしている。
何故か、ベネディクトに
振り回されがちで……!?

ビオレッタ
突然、光の巫女に
選出された
(残念気味な…)美女。
キラキラしたものが苦手。

レアンドロ
護衛騎士。
あまりに真っ白すぎる
心の持ち主。熱烈な、
光の巫女信奉者。

ベネディクト
アレサンドリ神国の
聖地を守る神官で、王弟。
奇跡のように
間が悪いことを除けば、
完璧な美男子。
花嫁探し中……？

エミディオ
腹黒 of 腹黒な王太子。
唯一の弱点は、
婚約式をあげたばかりの
妻ビオレッタ。

アンナ
ディアナと同じ、
掃除担当のメイド。
よき理解者でもある。
やや毒舌気味。

イラスト／サカノ景子

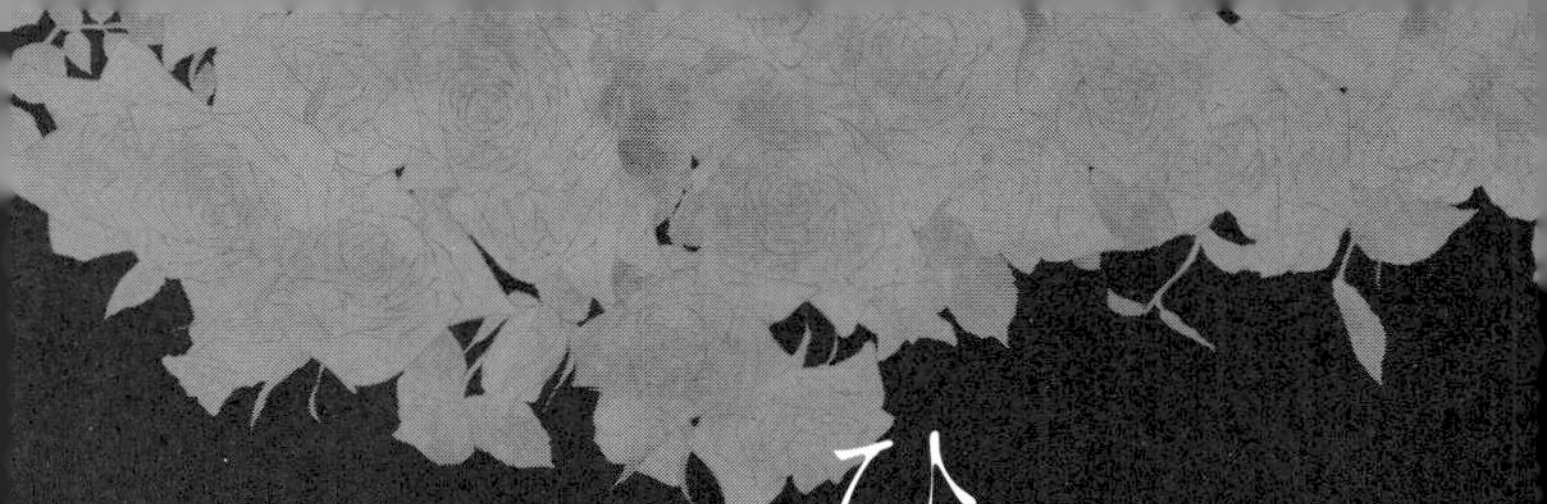

ひきこもり神官と潔癖メイド

王弟殿下は花嫁をお探しです

第一章　王弟殿下はひきこもりでした。

「わたくし、クビになるかもしれないわ」

ディアナが涙交じりに零《こぼ》した言葉に、駆け付けたアンナは目を瞬かせるだけだった。


『聖地を守る神官ベネディクト・ディ・アレサンドリの結婚相手は、本人が決めた相手であれば身分は問わない』

ベネディクトの兄でもあるアレサンドリ神国王が放った前代未聞のお触れから約一カ月――謎の徘徊《はいかい》をする元ひきこもり神官、ベネディクト・ディ・アレサンドリが今日姿を現したのは、使用済みの客間だった。使用中ではなく、使用済み――つまりは客人が帰った後にやってきたのだ。ベネディクトがノックもせずに開けた扉が客間の清掃をしていたアンナにぶつかり、彼女が持っていたバケツの水を見事頭からひっかぶったらしい。

ずぶ濡れとなったベネディクトをその場に待たせ、拭くものを取りに来たアンナと偶然遭遇《そうぐう》したディアナは、水浸しとなった部屋の掃除を手伝うために雑巾《ぞうきん》を取りに行った。

（一昨日は使う予定のない大広間で、その前は中央階段だったわね。いったいどういう考えで行動しているのかしら）

　相変わらず、ベネディクトの行動原理がディアナにはわからない。客人が帰った後の客間に現れて、いったい何をするのだろう。

（まさか水をかけてもらいに行った……とかじゃないわよね。でも、相手はあのベネディクト様だし……）

　十分あり得ると思ってしまうほどに、ベネディクトが何かをひっかぶることは城内では日常茶飯事《さはんじ》だった。そして彼が汚した場所の片づけが、なぜだかいつもディアナに回ってくることも。

　ディアナは掃除道具が片付けてある倉庫から未使用の雑巾を五、六枚とバケツを持ち出し、件《くだん》の客間へと向かう。

（大広間の時は割れた花瓶《かびん》も片付けなければならなかったから、それに比べれば楽ちんよね。いつぞやの絨毯《じゅうたん》にワインみたいに、染み抜きをする必要もないし）

　水をまき散らしたくらい、かわいいものだと思ってしまった自分に少々しょっぱい気持ちになっていると、突き当たりの角を曲がったところで誰かとぶつかって尻餅《しりもち》をついた。

「あぁ、申し訳ありません。大丈夫ですか？」

「いえ、わたくしもきちんと前を見ていなかったものですから……」

顔を上げたディアナは、言葉も止めて呆然《ぼうぜん》とする。

ディアナの目の前に、男でありながら月の女神と称される美丈夫《びじょうふ》が立っていた。

絹糸のような白金の髪、凜《りん》とした切れ長の目にはめ込まれたアメジストは温かな光を宿し、今は少し困ったように微笑《ほほえ》んでいる。頭から水を被《かぶ》ったせいで髪や服が濡れてしまっているが、まるで新月が近い月のような、ついつい手をさしのべたくなる不思議な色香があった。

と、惚《ほう》けたのは一瞬だった。

はっと我に返ったディアナは、目の前に立っていてはいけない人物――ベネディクトを見て、思わず叫び声を上げた。

「どうしてあなた様がこんな場所にいるのですか！　ぶつかったメイドはその場に待っているよう頼んだはずですよ!?」

「あぁ、そういやそうだったね。でも、その場で待っているより、自分から拭くものを受け取りにいった方が早いかと思って」

ベネディクトの主張を聞いたディアナは目をきつく閉じてこめかみに手を添えた。

確かに、この廊下《ろうか》をまっすぐ歩いて行けば、洗濯場《せんたくじょう》に辿《たど》り着けるだろう。そこで洗いたてのタオルを受け取ることも出来る。だが、なぜ洗濯場なのか。タオルやシーツなどのリネン類は専用の倉庫に常時保管されている。アンナは当然、そちらへ向かっていたのだ。

（どうして洗濯場へ向かうの。そして、どうして、その途中でわたくしと、ぶつかるのかしら）

ベネディクトの奇跡ともいえる間の悪さに頭痛がするディアナだったが、ふと、彼の背後に広がる光景を見て、きれいさっぱり頭痛が吹っ飛んだ。

ベネディクトが歩いてきたのだろう道に、べっちょりと水の線がひいてあった。

「なっ、なんてこと……ずぶ濡れの状態で歩いたりするから……」

取り乱すディアナに気付いたベネディクトが後ろを振り返る。もはや芸術的だといってやりたい惨状《さんじょう》を前に、彼は「おや、まぁ」と声を漏《も》らした。

「濡れた服から滴《したた》った水で廊下を濡らしてしまったんだね。これは申し訳ないことをした。あぁ、でも、これはとくに汚れていない水みたいだし、すぐに乾くから気にする必要はないよ」

「……気にする必要は、ない……ですって？」

ベネディクトの何気ない言葉は、ここしばらく彼のフォローばかりさせられてきたディアナの逆鱗《げきりん》に触れた。思い切り触れた。むしろげんこつで殴《なぐ》りつけたくらいの一撃だった。

ディアナはすっと音もなく立ち上がると、背筋を伸ばして胸を張り、メイドらしからぬ高潔な眼差《まなざ》しでベネディクトをにらんだ。

「ベネディクト様。あなた様は、わたくしたち清掃担当のメイドの仕事を、なんだと思っておられるのですか？　とくに汚れていない水だから乾けば大丈夫だなんて、清掃担当のメイドに対してずいぶんふざけたことをおっしゃるのですね」

ディアナは手で口元を隠してふっと優雅に微笑むと、冷たい目線でベネディクトをにらむ。

「確かにあなた様が被った水は真っさらでした。ですが、だからといって廊下に滴った水を放置すれば、そこにかすかなシミが浮かび上がるのです。それではもう、廊下は美しくありません。美しいものを汚すなど、言語道断《ごんごどうだん》。汚れを放置するだなんて、美への冒瀆《ぼうとく》ですわ！」

まさか一介《いっかい》のメイドに説教されるとは思ってもいなかったのだろう。ベネディクトは驚き固まったままディアナを見つめている。そんなことお構いなしのディアナは、口元を隠していた手を前へと伸ばし、ベネディクトの背後を力強く指さした。

「ベネディクト様！」

「は、はい！」

「あなた様は、今すぐ後ろを振り返ってご自分が作った水の道を辿《たど》ってくださいませ。きっと今頃、アンナがあなた様の作った道筋を辿ってこちらへ向かっていることでしょう。あなた様はアンナからタオルを受け取ってそのみすぼらしい格好を何とかしてください！」

「み、みすぼらしい？」

「そんな濡れ鼠《ねずみ》のような状態、みすぼらしい以外になんと言うのですか？　あなた様は高位の神官です。人の上に立つものです。であれば、下のものが見上げるに相応《ふさわ》しい威厳のある格好をしてくださいませ！」

ベネディクトはまだ何か言いたそうに口をぱくぱくとさせていたが、結局おとなしく来た道を戻っていった。

寄り道せずに自分が描いた軌跡をたどるベネディクトをしばし見張ってから、ディアナは床の掃除に取りかかる。雑巾《ぞうきん》で水をぬぐっては絞《しぼ》り、ぬぐっては絞り、をしばらく無心で繰り返していると、怒りに沸いた頭が徐々に冷えていき、ベネディクトの世話を終えて駆け付けたアンナを見たとき、思わずこう言ってしまったのである。

「わたくし、クビになるかもしれないわ」

ベネディクト・ディ・アレサンドリ。

ディアナにとって、彼は意味の分からない徘徊《はいかい》をしては行く先々で何かをひっかぶる要注意人物であるが、その正体は現国王の年の離れた弟である。現在は王籍を外れ、このアレサンドリ王家の始祖《しそ》である光の神が降り立った地――聖地を守る神官となったが、公爵位を持つ正《しょう》真正銘《しんしょうめい》の上流貴族であり、そういったことにまったく興味がないディアナでも音に聞くほどの人物だ。驚くべき間の悪さはさておき、有能で人徳もある素晴らしいお方だと聞いている。間違っても、一介のメイドであるディアナが説教をしていい相手ではない。

（でも、でもでもでもっ、言わずにはいられなかったのよ！）

自分の気持ちも分かってほしいとディアナは思う。ベネディクトは本当に、行く先々で何かをひっかかぶるのだ。しかもそのどれもが、ディアナの目の前で起こるのである。

「始まりは、王太子殿下と光の巫女《みこ》様の婚約式が終わったばかりのころだったかしら……」

疲れ切った表情で遠くを見つめながら、ディアナはアンナにこれまでのいきさつを語る。


王太子となった第一王子エミディオと光の神に仕える巫女であるビオレッタの婚約が決まり、一カ月ほど前に盛大な婚約式が行われた。それを機に、聖地にひきこもって滅多《めった》に外へ出てこなかったベネディクトが城中を徘徊……ならぬ、散歩をするようになり、さらには国王がベネディクトの結婚相手は身分を問わないなどというとんでもないお触れを出してしまったがために、事件は起こった。

お触れを聞いて王弟との結婚を夢見たメイドが、散歩をするベネディクトにわざとぶつかって彼の服を汚し、着替えの手伝いをするという名目でベネディクトの部屋に入り込もうとしたのである。結果としては、部屋の前でベネディクトにうまくかわされたらしいのだが、問題はそこではない。話を聞いて同じような手段に出る夢見るメイドが大量発生したということも、この際どうでもいい。

「わたくしが何に腹を立てているのかというと、夢見るメイドたちが皆、まき散らしたお茶なりワインなりを放置してベネディクト様の部屋へ向かったということなのよ！」

「え、それじゃあ、転がった食器と汚れた床はどうしたの？」

「わたくしが片付けました」

「放置……できるわけないか。ディアナ、几帳面《きちょうめん》だものね」

「何度も何度も何度も……もうね、なんでしょうね。ここまでくると、わたくしが来るのを待ってぶちまけているんじゃないかしらと思ってしまったわ」

「さすがにそれはないと思うけれど……すごい偶然ね。奇跡みたい」

「そんな奇跡いらないわ！」

ディアナは両手で顔を覆《おお》って盛大に嘆《なげ》く。

「ベネディクト様に非がないことは重々承知しているのよ！　しているんだけど……こう、なんていうのかしら……」

「避けられないベネディクト様に腹が立ってきたのね」

アンナの的確な言葉に、ディアナは顔を上げて「そうなのよ！」と力一杯同意した。

一度や二度そういう状況に陥《おちい》ったくらいならまだ流せる。だが、ベネディクトが徘徊をするようになってしばらく、三日に一度の頻度《ひんど》でそんな場面に出くわしていると、仕舞いには避けられないベネディクトが悪いように思えてくるのだ。

「確かに……何回も同じような目に遭《あ》ってるんだから、いい加減避けろよ！　って思っちゃうわね」

同僚からの共感を得たディアナは、ずっと溜め込んでいた鬱憤《うっぷん》を晴らすように「それだけじゃないのよ」と語りだす。

「私が中庭のテラスを掃除していた時だったわ……」


清掃担当のメイドであるディアナは、上司の指示に従って日替わりで掃除を行う。舞踏会で使うホールを担当することもあれば、登城する来客の部屋を準備することもある。そしてその日は、翌日お茶会に使用するという中庭のテラスを掃除していた。まだまだ日差しは強いものの、さらりとした風が吹き抜けてずいぶん過ごしやすくなったな、と思っていた時である。

大量の本を抱えたベネディクトが、ふらふらと現れた。

抱える本で頭が隠れているベネディクトは首をひねって何とか前を確認し、おぼつかない足取りでテラスまでやってきたかと思えば、ディアナが拭き掃除したばかりのテーブルに本を下ろした。

（あぁ……机に置いた衝撃で、本から大量の埃《ほこり》が噴き出しているわ。掃除はやり直しね、ふふふっ……）

『……あの、ベネディクト様。こちらには、どういったご用件で』

『あぁ、本を干しに来たんだよ』

『本を干すのであれば、もっと他にふさわしい場所があるかと思います。よろしければ、そちらへご案内いたしますが』

『結構だよ。今日はここで本を干したいと皆が言っているんだ。気を遣わせて申し訳ない』

（皆って誰ですか？　というか、気を遣っているわけではなくてですねぇ……）

そう思いつつ、ディアナは「そうですか」と言ってあっさり引き下がる。ベネディクトが積み上げた本から一冊ずつ手に取って他のテーブルに並べ始めたので、ディアナは率先《そっせん》して手伝った。

「ベネディクト様は自分の仕事をしてくれって遠慮《えんりょ》されたのだけれど……あなた様の用事が終わらない限り仕事ができません、とはさすがに言えなかったわ」

「うん、言えないね。口が裂けても言えないね」

遠くを見つめて語るディアナに、アンナは小刻みに頷《うなず》いて同意した。

ディアナが手伝った甲斐《かい》もあり、ベネディクトが予想していたより随分《ずいぶん》早く作業が終わり、ベネディクトはほくほく顔で部屋に戻っていった。行きと同じように頭が隠れるほど大量の本を抱え、ふらふらと歩いていくベネディクトの背中を見送ったディアナは、休む暇もなく掃除を再開……というよりやり直した。

埃まみれとなってしまったテーブルを拭いて回っていた時である。ベネディクトが歩いていった方角から、女性のわざとらしい悲鳴と水がまき散らかされる音が響いた。

「それって、もしかして……」

顔を引きつらせるアンナの顔をまっすぐに見つめて、ディアナは暗い表情で頷《うなず》く。

「夢見るメイドが、花瓶《かびん》をひっくり返したのよ。よりによって、本を抱えるベネディクト様に」

「そ、それで……本はどうなったの？」

「次の日、私が掃除していた裏庭のテラスへ干しに来たわ」

「昨日と同じテラスはお茶会で使用中だものね。少しは考えたのね、ベネディクト様」

「そこ!?　違うでしょ！　この場合、どうしてまたわたくしが掃除しているテラスへ来るのかって話でしょう」

「あぁ、うん。そうだった。テラスなんて、まだまだ他にもあるものね。何も掃除している最中のテラスへ来ることはないわよね」

「そのときもそれとなく移動を勧めてみたのだけれど、気を遣わなくていいよと笑顔でかわされたわ」

「むしろ気を遣ってほしいわよね」

ディアナとアンナは、見つめ合いながらゆっくりと頷き合った。

本を干し終わらない限りベネディクトが動くことはないと悟ったディアナは、早々に諦めてその場から離れた。手伝ってもよかったのだが、昨日、仕事の手を止めてまで干した本を、今日もう一度干す気にはなれず、別の仕事に向かった。

ほうきを抱えて中庭を歩いていた時である。城内へ通じる扉から、二人の侍女《じじょ》が出てくるのを遠目に見た。二人の侍女のうちひとりがバケツを抱え、何やら顔を寄せてひそひそと話している。なんとなく嫌な予感を覚えたディアナは、茂みに身を隠しながら彼女たちに近づいた。

『この先のテラスに、ベネディクト様がいるわ。本を干しているそうだから、チャンスよ！』

『本を抱えて前が見えていないから、簡単に水をかけられるのよね！』

くすくすと声を殺して笑い合う侍女たちを見たディアナは、踵《きびす》を返してテラス手前の茂みに潜むと、やってきた二人の足にほうきの柄をこっそりひっかけてすっ転ばせた。

地べたに転がった侍女たちはベネディクトにかけるつもりだった水を自ら被《かぶ》ってしまい、予期せぬ事態に動転している間に、ディアナはちょっとやりすぎたかしらと思いつつもそそくさとその場を去ったのだった。

「…………ディアナ、ひとつ訊いてもいいかしら。本を運んでいるベネディクト様に手を出そうとすると、必ず邪魔が入ってしっぺ返しを食らう、という話を小耳にはさんだことがあるのだけど……それってもしかして、あなたが絡んでる？」

　ディアナは何も答えない。それが答えだ。

「……うん、わかった。噂《うわさ》になるほどだもの。一度や二度ではなかったのでしょうね。ベネディクト様も、どうしてディアナの傍にばかり出没するのかしら。もうなんていうか、ここまでくると奇跡というより運命を感じるわ」

「こんな運命嫌っ！　そもそも、部屋に入れるつもりがないならその場で断ればいいのよ！　どうして部屋の前までついていくことを許すのかしら」

　エプロンを握りしめて忌々《いまいま》しそうに語るディアナへ、アンナは慰《なぐさ》めの言葉を必死に探し続け、結局こう言った。

「べ……ベネディクト様だから？」

　それ以外に説明できないとディアナも思い、両手で顔を隠して盛大に嘆《なげ》く。

　ベネディクト・ディ・アレサンドリ。

　王太子に一番近い存在とまで言われた彼の真の姿は――恐ろしく、間の悪い男だった。


　結論から言うと、ディアナは仕事をクビになることはなかった。それどころか、事情を聞いた執事長とメイド長から、よくぞ言ってくれた、とばかりに励《はげ》まされてしまった。

（お二人とも、ベネディクト様が生まれる前から城に仕えていらっしゃるものね……）

ベネディクトの間の悪さに巻き込まれた経験はディアナの比ではないだろう。二人の苦労を思い、ディアナは涙がにじんだ。

経験豊富な二人が話すには、ベネディクトは決して性格が悪いわけでも頭が悪いわけでもないので、注意すれば二度と同じような過ちは犯さないという。

しかし、ベネディクトという人物には不思議な色香というか魅力のようなものがあり、彼を前にするとたいていの人間はベネディクトの力になりたい、尽くしたいと思ってしまうらしい。

それゆえ、ベネディクトが何か失敗をすると、周りの人間はそれを指摘するよりもまず全力でフォローしようと動いてしまい、その結果、ベネディクトは自分がやらかしてしまったことにすら気付かないそうだ。

執事長はそれを、「ベネディクト・マジック」と呼んでいる。

（なんて恐ろしいベネディクト・マジック……嘘であってほしいけれど、執事長のあの顔は本気だったわね。尽くさずにはいられない魅力って、わたくしにはなにも感じられないのだけれど。しかもわたくしはお近づきになろうだなんて一度として考えたことがないのですが!?）

ディアナは心の中で叫ばずにはいられなかった。

なぜなら件《くだん》の傍迷惑《はためいわく》な人物が、いま、ディアナの目の前にいるから。

昨日は全身水浸しの情けない格好だったが、今日は一目で上質と分かる生地に青い繊細な刺《し》繡《しゅう》が施《ほどこ》された、上位神官に相応《ふさわ》しい風格ある服装をしていた。

最初、前方から歩いてくるベネディクトを見つけたとき、ディアナはまた出会ってしまったとついつい思ってしまったことを隠しつつ壁際によって頭を下げ、ベネディクトが通過するのを待った。が、近づいてきたベネディクトは通り過ぎることもなくディアナのすぐ前で立ち止まったのである。そのくせ、声をかけるということもなく黙っていた。

「……わたくしに、何かご用でしょうか、ベネディクト様」

しびれを切らしたディアナが、失礼と分かりつつ頭を下げたまま声をかけると、ベネディクトはぎくりと反応した後、やっと口を開いた。

「申し訳ない。声をかけようと思ったのだが、君の名前を知らなくて……」

「ディアナ・エスパルサ、と申します」

「ディアナさん、か。エスパルサというと、エスパルサ寺院の出身かな？」

「はい。行く当てのないわたくしを保護し、さらに自立できるよう、このような素晴らしい勤め先まで紹介していただきました。院長は、わたくしの恩人です」

「院長も、いまの君を見ればさぞや喜ぶことだろう。ところで、今日は君に話があって探していたんだ。まずは、顔を上げてくれるかい？」

ディアナは膝を折って小さく一礼してから、姿勢を正す。目の前に、静かな美貌《びぼう》をたたえるベネディクトが微笑《ほほえ》んでいた。

「昨日は迷惑をかけてしまって、申し訳ない。私の考え足らずだったよ。君たち掃除係の仕事を軽視していたわけではないんだ。許していただけるだろうか？」

「わたくしこそ、身分をわきまえずに出しゃばった真似《まね》をして申し訳ありませんでした」

「気にすることはないよ。ああやって私をしかりつけてくれる人間は貴重なんだ。これからも、もし私が迷惑をかけていたら、その都度《つど》指摘してくれると助かる」

（は、激しくご遠慮《えんりょ》したい……）

葛藤《かっとう》の末、ディアナは「……善処《ぜんしょ》します」とだけ答えた。これで話は終わりだろうと予測したディアナは、この場を辞する許可をもらうために頭を下げようと視線を落としたところで、ベネディクトにとんでもない爆弾を投下された。

「それで、君に迷惑をかけてしまったお詫《わ》びに、君の仕事を手伝わせてもらいたいんだ」

予想もしなかったベネディクトの提案に、いまにも頭を下げようとしていたディアナはベネディクトへと視線を戻し、

「…………………は？」

としか答えられなかった。

ぽかんと口を開けたままベネディクトを凝視するのは不敬《ふけい》であるが、致し方ない。いったいどこに、メイドの仕事を手伝いたいという上流貴族がいるのか。

（冗談、よね？　大真面目《おおまじめ》な顔をしているけれど。というか、わたくしを見つめる目が本気だ

と言っている気がするけれど。冗談と言ってくれますわよね!?)

ディアナは困惑しながらも待ってみた。冗談だよと笑ってくれると信じて。しかし、数瞬経ったところですぐにある可能性に気付いた。

彼は不思議自分ルールで行動する男、ベネディクトである。つまり、彼は本気で償《つぐな》いとしてディアナの仕事を手伝いたいのだ。

ベネディクトの考えを大体把握《はあく》したところで、ディアナはさらに困った。償いとはいえ、使用人の仕事を手伝うなどと、もし誰かに見られれば、罰せられるのはベネディクトではなく使用人であるディアナの方だときちんと理解しているのだろうか。

(ここは注意するべきところなのかしら。つい先ほど、遠慮なく指摘してくれと言われたばかりだし、今がその時のような気もするけれど……)

悶々《もんもん》と考えるディアナを、迷っていると思ったらしいベネディクトは、さらに言いつのった。

「ここ最近、私のせいで汚れた場所を全て君が掃除していたと聞いたんだ。継承式だなんだと忙しい中だったというのに、君は一度として素通りすることなく、丁寧《ていねい》に掃除したそうだね。皆が君に感謝していたよ」

(だから、皆って誰ですか？　夢見るメイドたちのことかしら？　だったら彼女たちが手伝いに来るべきじゃない!?)

そう思っても、ディアナの前に現れたのはベネディクトなのだ。彼を何とかしなければ、この後の仕事に支障をきたしてしまう。

様々な可能性を頭の中で計算した結果、ディアナはベネディクトに仕事を手伝ってもらうことにした。下手《へた》に断っても食い下がってきそうだし、それならいっそ人目につきにくく、かつ、簡単な仕事を任せて満足してもらった方がお互い気持ちよくこの場が収まる。

(収まるわよね？　収まるはずよ。収まってお願い！)

「では、今日の午後にいらっしゃるお客様の部屋を準備しますので、そちらを手伝っていただけますか？」

優雅に微笑《ほほえ》みながらディアナはベネディクトを客室まで案内する。目的の客室は、昨日のうちにメイド数人掛かりで主な準備は整えてあり、今日やることといえば、裸のままのベッドにシーツを掛けることと、机や棚《たな》の拭き掃除、そして換気ぐらいである。

「わたくしは拭き掃除を行いますので、ベネディクト様にはベッドメイクをお願いできますか。やり方は――」

「普段自分のことは自分でしているから任せてもらって大丈夫だよ。君は君の仕事をしてくれ」

聖地を守る神官であるベネディクトは、専属の執事や侍女《じじょ》をつけず、全て一人でこなしているらしい、という噂《うわさ》は本当だったようだ。ディアナは「ありがとうございます。助かります」と素直な感謝の気持ちを伝え、自分の仕事に取りかかった。ベネディクトにベッドメイクをしてもらえれば、仕事の遅れも取り戻せるだろう。

(……なんて、能天気すぎたわ)

もし時間が巻き戻せたなら、その時の自分をげんこつしてやりたい——拭き掃除を終えたディアナが最初に思ったことである。

本人の申告通り、ベネディクトはきちんとベッドメイクをした。シーツの裏表を間違えることもなく、天蓋《てんがい》のカーテンもきちんと柱に留めてある。何ら問題はないだろう。ディアナ以外のメイドが見れば。

ディアナは凝《こ》り性のきれい好きだ。端的に言えば、潔癖《けっぺき》である。

そんなディアナのこだわりポイントを、ことごとくベネディクトは外しているのである。

ベネディクトはマイペースなだけでなく、おおらかなのだと思う。だからこそ、メイド達の特攻にも笑顔で接せられるし、服が汚れようが頭から水を被《かぶ》ろうが気にせずそこら中を歩き回るのだろう。

だがおおらかというのは、おおざっぱとも言える。たとえばシーツを掛けるだけでもディアナからすれば端の折り込み方が雑に思えるし、天蓋のカーテンも留め紐の結びが斜めになっているのがどうしても気になった。

(微々たるこだわりだということは、自分でも分かっているのよ)

だからこそ、彼女は柔らかな笑みを浮かべてこう言った。

「ありがとうございます。おかげさまで、仕事がひとつ片付きましたわ」

「そう言ってもらえると、私もやった甲斐《かい》があるというものだよ。他に手伝えることは？」

「いいえ、これ以上はメイド長に怒られてしまいますわ。本当に、ありがとうございました」

ベネディクトが何か言い出す前に、ディアナは深々と頭を下げた。暗にこれ以上は手伝わないでくれと言われたベネディクトは、つかの間の沈黙の後、諦めたように息をついた。

「そうだね。上に立つものとして、これ以上君の仕事を奪ってはいけない。それじゃあ、私は帰らせてもらうよ」

「ありがとうございます。それでは、失礼いたします」

部屋から去っていくベネディクトを頭を下げて見送ったディアナは、扉が閉まる音と同時に顔を上げる。

「……さて、と。さっさと終わらせてしまいましょう」

扉の向こうから気配が消えるのを待って、ディアナはベッドメイクの手直しに取りかかった。


上位神官に仕事を手伝わせるという、他人に見つかれば大事になりそうなリスクをディアナがあえて背負ったのは、ベネディクトとの不本意な縁を遠ざけたいと願ったからである。

（それなのにどうして、わたくしはベネディクト様の部屋にいるのかしら）

夢見るメイド達が踏み入ろうとこぞって特攻していたあの部屋で、ディアナは黄昏《たそが》れた。

「急に呼び出したりして申し訳ない。仕事は大丈夫かな？」

「はい。いまは休憩時間ですので、ご心配には及びません」

ベネディクトは部屋の奥へ進むよう促すが、ディアナはあえて気付かないふりをして扉の前にとどまった。下手に長居して噂になっては面倒なので、さっさと要件だけ聞くつもりなのだ。

扉の前に立ったまま、ディアナはこっそりと部屋を見渡す。執務机やテーブルセット、ソファなどが置いてあり、応接間兼居間といった雰囲気《ふんいき》の部屋で、何度も何度も何度も何度も分けて干しに来ていた大量の本はここにはない。おそらく、書庫が別にあるのだろう。

「ベネディクト様、せかすようで失礼ではございますが、わたくしをここへ呼んだ理由をお伺《うかが》いしてもよろしいでしょうか？」

「気にしなくていいよ。私はただ、君にお礼がしたいんだ」

「それでしたら、昨日仕事を手伝っていただきました。それだけで十分――」

「あぁ、うん。それね。結局君がやり直してしまったんでしょう？」

断ろうとするディアナの言葉を遮《さえぎ》って、ベネディクトは彼女しか知らないはずの事実を指摘した。驚き、わずかに動揺《どうよう》を見せるディアナに、ベネディクトは眉《まゆ》を下げて笑った。

「君の力になりたいと思ったのに、結局手間を増やしてしまったみたいだね。だから今度は趣《しゅ》向《こう》を変えて、君をもてなそうと思ったんだ」

「もてなす、とは……」

「お茶をごちそうさせて欲しいんだ」

ディアナはベネディクトの背後、窓際のテーブルセットを見る。円形の重厚なテーブルには、ティーセットが伏せて並べてあり、中央には大きめの丸皿がふたをかぶせた状態で置いてあった。

ここまで用意されているのに、断るのも忍びない。ディアナはため息をひとつついて、ベネディクトを見上げた。

「分かりました。お茶をごちそうになりますので、まずはこの部屋の掃除をさせてください」

ディアナが提示した交換条件に対し、

「……は？」

今度はベネディクトが固まったのだった。


聖地の入り口すぐそばに設《しつら》えたベネディクトの部屋は、聖地を守る神官が代々引き継いできた部屋らしく、置いてある調度品《ちょうどひん》はどれも年代物で、長い年月を身に刻み輝きに変える超一級品ばかりだった。

ベネディクトを含め、歴代の聖地を守る神官たちはものを大切に扱う人たちだったのだろう。

多少の傷はあれど、大きな破損もなくどれも美しさを保っている。新品には真似《まね》できない深みある美しさを前にして、ディアナがおとなしくしていられるはずがない。

ディアナは美しいものが好きだ。美しきものは、その美しさを最大限表すべきである、と常々思っている。ディアナの美への強いこだわりは使用人たちの中では周知の事実で、普段の真面目《まじめ》な仕事ぶりもあり、特別に城の美術品の管理も任されていた。といっても、城が保管する美術品すべての管理ではなく、城に飾られている美術品をより美しく見せるための最終調整係といった役どころである。

(美しきものはその美しさに胡坐《あぐら》をかかず、常に美を磨《みが》くべきだわ！)

ディアナはその信念のもと、手早く部屋の掃除をしていった。棚《たな》などに飾ってある美術品は乾拭《からぶ》きをしてまわり、花を生けてある花瓶《かびん》はしおれかけている花を抜いたあと軽く微調整。壁に掛けてある絵画は一部が斜めになっていたので直し、巨大な姿見は指紋がついた個所《かしょ》を乾拭きする。カーテンの留め紐を結び直し、レースカーテンのひだを均等にすれば完成だ。

ちょっとした手直し程度だが、それでもぐんと洗練された部屋を見て、ベネディクトは感嘆《かんたん》の声を漏《も》らす。

「すごいね。調度品の向きを直した程度なのに、これほど見違えるとは思わなかった」

「お気に召していただけたようで安心しました。壺《つぼ》ひとつとっても、表と裏があったり、いろいろと奥が深いんですよ」

「そういえば君は、城に展示してある美術品の一部を管理していたね。君が展示した美術品はその品が持つ美を最大限に表現しているって、皆が話していたよ」

「ありがとうございます。城の美術品の手入れができるだなんて、わたくしにとってこれ以上ない僥倖《ぎょうこう》です。実は最近、わたくしが飾った品に誰かが勝手に手を加えるということが頻発《ひんぱつ》して、いやがらせかと落ち込んでいたのです」

「手を加えられる?」と眉をひそめたベネディクトに、ディアナは事情を簡単に説明した。

継承式が終わったころだろうか、ディアナが飾った美術品を、誰かが勝手に動かすようになった。それはいつも、一日にひとつだけ。花を生けた花瓶を天窓の真下に移動させられた日もあれば、光が届かない部屋の隅に石膏像《せっこう》が押しやられていた、なんてこともある。もしもこれが本当にいやがらせなら、美術品の向きひとつに対しても強いこだわりを持つディアナにはこれ以上なく効果的なやり方だろう。

「それは……いやがらせとは限らないかもしれないよ?」

「そうでしょうか。……まぁ、どちらにせよ、ベネディクト様のように楽しんでくれている方がいらっしゃるというのは、励《はげ》みになります」

ディアナはほんのりと微笑《ほほえ》み、部屋を見渡す。

「本当に、素晴らしい部屋ですね。ひとつひとつの調度品《ちょうどひん》に時間の重みがあって、たくさんの方に大切にされてきたのが伝わります」

「この部屋に置いてあるものは、歴代の聖地を守る神官が残してきたものだからね。大切にしなくてはと思う反面、持て余してもいるんだ。だから今日、君に手入れしてもらえて本当に助かった。きっと、調度品達も喜んでいるだろうね」

「ありがとうございます。最高の褒《ほ》め言葉ですわ」

　ディアナにとって、美しいと感じるものに共感してもらえることほど嬉しいことはない。素直に笑顔で礼を言った。


「ところで、どうして昨日、私が仕事を手伝ったときに注意なり指示なりをしなかったんだい？　後で直すくらいなら、私に言って直させた方が早いでしょう」

　輝きを増した部屋でベネディクトの淹《い》れたお茶を味わいながらクッキーを口にしたそのとき、向かいに腰掛けて一緒にお茶を飲むベネディクトが問いかけてきた。

（質問があるなら、クッキーを口にする前にして欲しかったわ……）

　ディアナは手早く紅茶を一口含み、複雑な心境と一緒にクッキーを喉奥《のどおく》に押し込む。

「ベネディクト様はきちんと仕事をこなしておられました。ただ単に、わたくしが凝《こ》り性ゆえに、細々した直しを必要としただけで、他のメイドであれば気にも留めないでしょう」

「でも、君は気になったんでしょう？　私は君を手伝おうとしたんだ。だから、言えば良かったんだよ」

「それは違います」と、ディアナはゆっくりと頭を振った。

「ベネディクト様にはメイドの仕事を手伝っていただいたのです。そこから先は、わたくし個人のこだわり。ですから、他の方の手ではなく、わたくし自身の手を使わなければ、ただのわがままとなってしまいますわ」

ベネディクトは目をぱちくりとさせて数回瞬きを繰り返したあと、ぷっと吹き出したかと思えば声をあげて笑った。

「わがままとは……いっそすがすがしいね、君は。まるで強さを極《きわ》めようとする騎士のようだ。ああ、なんだかレアンドロを思い出したよ」

レアンドロといえば、王太子であるエミディオからの覚えもめでたい近衛《このえ》騎士で、眉目秀《びもくしゅう》麗《れい》、将来有望、それでいて未だ独身とあり、メイド達が虎視眈々《こしたんたん》とお近づきになる機会を狙っている人物だ。常々平穏を望むディアナは、当然のことながら関わり合いたくないと思っている。

「わたくしも、ひとつ質問してもよろしいでしょうか?」

視線を遠くに投げてレアンドロのことを思い出していた様子のベネディクトは、ディアナの問いかけに目線だけで頷《うなず》いて見せた。

「わたくしがベッドメイクをやり直したこと、どうやってお知りになったのですか？　あのとき、あなた様は帰られたはずです」

昨日、ディアナはベネディクトの気配が消えるのを待ってから行動した。あの後ベネディクトが戻ってくる理由もないはずである。

「聞いたんだよ。皆から」

「皆、というのは、以前わたくしが片付けをしていたことを教えた人たちのことですね。いったい皆とは、誰のことですが？」

王族が抱える密偵だろうか、と考えて視線を鋭くさせるディアナを、ベネディクトはしばし観察するように見つめてから、あっけらかんとした調子で言った。

「皆っていうのは、精霊のことだよ」

「精霊……とは、もしかして、最近教会が話題にした？」

「そう。神の力をこの世界に具現化する、神の手足とも言える存在のこと」

「ということは、ベネディクト様は、光の巫女様のように精霊を使役《しえき》できるのですか？」

「使役は出来ないよ。私はただ、精霊の姿が見えるだけ。最近は、巫女様のおかげで彼らの伝えたいことがなんとなく分かるようになったけれど」

「光の巫女様の、おかげで……」

光の巫女と聞き、ディアナはほうと艶《つや》っぽい息を吐く。ディアナにとって、光の巫女であるビオレッタは理想の女神だった。あの美しさはもちろんのこと、人々の心を明るく照らす姿はまさに光そのものだと思っている。

ビオレッタの美貌《びぼう》を脳内で堪能《たんのう》するディアナを見て、ベネディクトは首を傾《かし》げた。

「君は精霊の存在を受け入れているみたいだね。いままでずっと存在を否定されてきたのに、闇だけでなく光の精霊までいるだなんて、疑わなかったの？」

「光の巫女様がおっしゃるのです。真実を確かめる術《すべ》をわたくしは持ち合わせておりませんし、もし嘘だとしても、あの方になら喜んで騙《だま》されましょう」

微笑《ほほえ》みとともに宣言するディアナは、一介《いっかい》のメイドとは思えぬ品位を備えている。ベネディクトはそんなディアナにつかの間魅入《みい》ったあと、「巫女様は、やはりすごいお方だ」と力を抜くように笑った。

「ねえ、ディアナさん。君がよければなんだけれど、たまにこの部屋の掃除をしてくれないかい？　報酬《ほうしゅう》は、ここでこうやってお茶を飲むこと。もし引き受けてくれるなら、執事長には私から話をつけておくよ、どうかな？」

「喜んでお引き受けしますわ！」

ディアナは間髪容《かんはつい》れずに即答した。それはもう力強い声だった。

（この美しい部屋の手入れを定期的にさせてもらえるうえ、完璧《かんぺき》に設《しつら》え終えた美に囲まれつつお茶を飲めるだなんて、願ってもないことだわ！）

しかも上司にあらかじめ話を通してもらえるとは、素晴らしすぎて断る理由が考えられない。

ディアナの食いつきっぷりに、ベネディクトは面食らっていたものの、すぐに満面の笑みを浮かべて、ディアナへと手を差し出す。

「よかった。それじゃあ、これからよろしくね」

「はい。こちらこそ、よろしくお願いします」

ディアナは差し出された手を握り、二人は堅い握手をかわしたのだった。


（もしも過去に行けるのならば、ベネディクト様と握手している自分を殴《なぐ》りに行きたい）

ベネディクトの部屋に呼び出された翌日、休憩のために使用人用の食堂へやってきたディアナはそう思わずにはいられなかった。なぜなら、昨日のことが城中に知れ渡り、とても面倒なことになったからである。

「あなたが、ベネディクト様とお茶をしたというメイドね」

分厚い腰に両手を当て、豊かな胸を大きく揺らしながら背筋を伸ばしてディアナを斜めに見下ろした女性は、メイド長の次に長く城に勤めるメイドである。

ベネディクトの部屋へ入ろうと特攻し、玉砕《ぎょくさい》したメイドたちが何を言おうとしようとディアナは我関せずを貫いてきたが、さすがに、横幅も年齢も倍近い大先輩に対して同じ態度はとれない。ディアナはおとなしく頭を下げて女性の話を聞くことにした。

「ベネディクト様は昔からこだわりの強い方でね。お茶の淹《い》れ方ひとつとっても細かい決まりがあるの。昨日は急なことだったから仕方ないけれど、次からはちゃんと決まりを守ってお茶を淹れてくれるかしら」

(言えない……昨日はベネディクト様がお茶を淹れましただなんて)

ディアナは内心の焦りをちらりとも見せずに「そうだったのですね」とわざとらしく驚いて見せた。

「そうとは知らず、ベネディクト様に不快な思いをさせてしまったかもしれません」

下手《へた》に反論せず素直に落ち込むと、それを見た古参メイドは先ほどまでのとげとげしさを抑えて「大丈夫よ」と慰めた。

「ベネディクト様はとてもお優しく聡明な方です。清掃担当のあなたが好みのお茶を淹れられなくても仕方ないと分かってくださるわ。けれどだからといって、その優しさに甘えていてはいけません。仕えるお方が常に心穏やかに、居心地よく感じていただけるよう、最大限努力するのがわたくしたちの仕事。あなたにはベネディクト様専用のお茶の淹れ方を覚えてもらいます！」

もともとこだわりが強いディアナからすれば、古参メイドの主張はとても共感できるものだった。それゆえディアナは、駆け引きなしの素直な心で古参メイドよりベネディクト専用のお茶の淹れ方を教わったのだった。

「あ、ディアナいたぁ！」

使用人用の食堂で、教わったお茶の淹れ方をおさらいしていたディアナのもとへ、同僚のアンナがやってきた。好奇心に目を輝かせながら駆け寄ってきたアンナは、ひとりお茶を淹れるディアナを見て首を傾《かし》げる。

「もしかして、今から誰かとお茶するとか？」

アンナはきょろきょろとあたりを見渡す。

「違うわ。これは練習。それにしても、わたくしが飲むとは思わなかったの？」

ディアナの問いに、アンナは「ないない」と笑いながら手を振った。

「だってそれ、ディアナスペシャルじゃないもん」

ディアナスペシャルとは、普段ディアナが飲んでいるお茶のことである。砂糖とミルクをこれでもかというほどつぎ込んだお茶で、常々冷静でつんと澄ました雰囲気《ふんいき》のディアナからは想像もできない激甘な品だった。

「ベネディクト様とお茶をしたことが大先輩にばれてしまって。ベネディクト様専用のお茶の淹れ方を叩き込まれたところなのよ」

「なるほど。それでディアナは、教わったことの復習をしているのね。相変わらず真面目《まじめ》ねぇ。

もうこのままベネディクト様の舌も心もつかんで、公爵夫人に収まっちゃえば?」

「そんなわけないでしょう」と、ディアナはため息混じりにたしなめた。

「わたくしはただ、掃除をしに行くのよ。お茶はそのついでであって、それ以外に何もないわ。それに、相手は神官とはいえ元王族の現公爵よ。身分違いも甚《はなは》だしいわ」

「だけど、ベネディクト様が選んだ相手なら身分は問わないって王様が言っているじゃない」

「そうだった。そのせいで夢見るメイドが大量発生したのよ」

ディアナは持っていたポットをテーブルに下ろし、深い深いため息をこぼす。

「どうして王様はあんな突拍子もないお触れを出したのかしら。身分あるものにはそれ相応の責任があるのよ。幼い頃から教育を受けてきた貴族ならまだしも、一介《いっかい》のメイドなんかに務まるはずがないでしょう」

「そうかもしれないけど……ベネディクト様はつい最近までひきこもっていらしたでしょう? 今度またいつひきこもりに戻るか分かったものじゃないから、出てきているうちにさっさと相手を見つけて家庭を築いてくれってことらしいのよ」

「王様……っ」

ベネディクトの兄という、一番被害をこうむりそうな立場である国王の苦労を思い、ディアナは熱くなった目頭《めがしら》を押さえる。

(悪い人ではないのよ。ただ、天性の間の悪さと生真面目《きまじめ》さが混ざり合って面倒なことを引き

起こす、というだけで）

「ベネディクト様と結婚される方は、公爵夫人としての責務以前の問題で苦労するのでしょうね。あのお方の間の悪さに、常にさらされるのだもの」

「あー……私はその被害にあったことがないからいまいち分からないけれど、ディアナや執事長たちの反応を見る限り、相当苦労するだろうね。そういう点を考慮《こうりょ》しても、ディアナは適役な気がする。だって、ずっとベネディクト様のフォローをしてきたし、時には間違いもきちんと正してきたでしょう？」

「確かにフォローや進言はしてきたけれど、あり得ないわね」

アンナの期待を、ディアナは払うように手を振って軽くあしらう。

「だって、わたくしにはフェリクスがいるもの」

何よりも優先される大切な存在がいるディアナは、ただ願うだけだ。

どうかベネディクトの前に、懐《ふところ》の広い女性が現れますように。


「メイドを部屋に連れ込んだそうですね」

エミディオの一言に、ベネディクトは口に含んでいた紅茶を盛大に吹き出した。

「おやおや。はしたないですよ、叔父上《おじうえ》」

今日も今日とて大量の精霊を侍《はべ》らせるエミディオは、そう笑い混じりにたしなめながらハンカチを差し出してきた。お茶を被《かぶ》る可能性がある正面ではなく斜め隣に座っていた辺り、確信犯なのだろうとベネディクトは思う。会えない間に、随分《ずいぶん》といい性格に育ったようだ。

ベネディクトにとってエミディオはかわいい甥《おい》っ子であるが、なまじ二人の年が近かったせいで王位継承権を巡って周囲が騒がしくなり、エミディオが正式に王太子となるまで二人は顔を合わせることすらできなかった。光の巫女でありエミディオの婚約者でもあるビオレッタの取り計らいで和解し、こうやって一緒にお茶を飲めるようになったのである。

「連れ込んだとは、言い方が悪い。お茶に招いただけだよ」

「かたくなに誰も立ち入らせなかった部屋に招いたんだ。一緒でしょう。やっと叔父上のお眼《め》鏡《がね》にかなう女性が現れたのですね」

「彼女はそういうのではないよ。ただ、迷惑をかけたと精霊達から聞いたから、そのお礼をしただけだ」

「だったら、次の約束なんて必要ないんじゃないですか?」

エミディオが笑みを深めると、周りを飛び交う光の精霊が幸せそうに光を放ってエミディオを明るく照らした。しかしその背後、エミディオが背負う影がぶわりと量を増し、ベネディクトを取り囲む。影の正体は闇の精霊で、彼らはじいっとベネディクトを見つめた。きちんと説明するまで逃がさない——というエミディオの心情に反応したのだろう。

「本当に、他意はないよ。また呼んだのは、部屋の掃除をお願いしただけさ。彼女が掃除すると、精霊達が喜ぶからね」

「ディアナ・エスパルサ。彼女、精霊のお気に入りみたいですね。ビオレッタも彼女を気に入っているみたいです。ただ、まぶしすぎて声をかけられない、と言っていました」

「あぁ、彼女の周りには、光の精霊が集まっているからね。光の精霊だけなら、エミディオといい勝負なんじゃないかな」

「へぇ……それはそれは…………ビオレッタが彼女を気にかけるのも、納得出来ますね。ふふふっ……」

　満面の笑みを浮かべるエミディオの背後で、影がひとまわり大きくなった。エミディオの黒い思考を感知した闇の精霊が歓喜の舞を踊り、光の精霊がエミディオの笑顔に酔いしれる中、ただひとり不穏な空気を正しく察知したベネディクトが、慌てて止めに入る。

「待って、エミディオ！　ディアナさんは確かに精霊達に好かれているけど、闇の精霊は連れていないんだ。巫女様がついついへばりつきたくなる影を背負っているのは、君だけだよ！」

　嫉妬《しっと》する必要はないことを丁寧《ていねい》に説明すると、エミディオは「そういえばそうですね」と頷《うなず》いた。

「ビオレッタは精霊をこよなく愛していますが、それ以上に暗闇に安らぎを覚えますから」

そう言ったエミディオに表面上は何ら変化がないが、彼の放つ影がするするとしぼんだ。闇の精霊は悲しむどころか影と一緒にエミディオの背中に寄り集まっていく。いまここにビオレッタがいれば、大喜びでエミディオの背中にへばりついただろう。

「とまぁ、冗談はこのくらいにしておきましょう。ディアナ・エスパルサ。七年前にエスパルサ寺院に保護されたそうです。それ以前の経歴は一斉不明。本人もかたくなに話さず、さらに何か身分を証明するものも持っていなかったそうです」

絶対冗談なんかじゃなかっただろう、と思いつつ、ベネディクトは「調べたのか？」とエミディオを見据える。非難の混じった視線にさらされても、エミディオはどこ吹く風で「当然です」と頷いた。

「王籍を外れたとはいえ、叔父上は王弟だ。面倒なものはいくらでも寄ってきます」

「それは分かっているが、彼女はそんな人じゃない」

「分かっていますよ。それはビオレッタにも言われました。精霊にあれだけ愛されている人が、悪い人な訳ありません。でしょう？」

さすが精霊と生きるルビーニ家の姫君だ。よく分かっていらっしゃる――とベネディクトがひとり納得していると、エミディオはむっつりと口をへの字にした。

「二人だけで勝手に納得しないでもらえますか？　言っておきますが、あなたたちの主張は精霊が見える者にしか通じないんですよ。私はあなたたちの主張が正しいと証明しようとしているんです」

「そ、そうだったんだね。申し訳ない。で、調べてみた結果、どうだったんだい？」

　素直に謝るベネディクトを、エミディオはじっとりとにらんでいたが、ため息ひとつで気を取り直し、説明を始める。

「先程も言ったように、エスパルサ寺院に保護される以前のことは全《まった》く分かりませんでした。ただ、保護されてからのことを調べる限り、悪い人間ではありませんね。王からの信頼の篤《あつ》いエスパルサ院長が推薦《すいせん》した人物というだけあって、仕事ぶりは真面目で、立ち居振る舞いも問題ありません」

「彼女の立ち居振る舞いはそこらの令嬢より優雅だと私も思う。美術品に対しても造詣《ぞうけい》が深くて……もしかしたら、それなりの地位を持つ令嬢なのではないだろうか？」

「少なくとも、この国の令嬢であれば我々が知らないはずがありません。となると、考えられるのは他国。そして、七年前となると……」

「隣国、ヴォワールだね。七年前、王弟が謀反《むほん》を起こして有力貴族がいくつかつぶされたと聞く。彼女はその生き残り……と考えるのが妥当《だとう》か」

「ええ。そして、エスパルサ院長はそれに気付いた上で、彼女をこの城に預けたのでしょう。つまりは守ってくれ、ということですよ」

「守ってくれ……か」

ベネディクトがそうつぶやいて視線を落とすと、その視線の先に、光の精霊が数人飛び込んできた。彼らはじいっとベネディクトを見つめている。ビオレッタではないので声は聞こえないが、なんとなく、ディアナを守ってと言っている気がする。

「そうだね。私は聖地を守る神官だ。精霊の願いは出来うる限り叶えるよ」

ベネディクトが手を差し出すと、精霊達はその手にすり寄った。ありがとうと伝えているのだろう。

「まぁ、彼女が何者であれ、気に入ったのなら逃げられないようさっさと動き出すことを勧めます。彼女、相当手強《てごわ》いですよ」

ベネディクトとしては違うと否定したい気持ちだったのだが、エミディオの意味深な言い方が気になり、ついつい先を促してしまう。ベネディクトの様子を確認してから、エミディオは目がくらみそうなほどきらきらしい爽《さわ》やかな笑顔を浮かべ、言った。

「彼女、子供がいるそうです」

空が茜《あかね》色に染まり始めた頃、仕事を終えたディアナは裏庭に建てられた使用人の寮まで戻ってくると、寮に隣接して建ててあるひとまわり小さい屋敷に入った。

「母様、お帰りなさい！」

屋敷に入ると、奥の階段に座っていた子供が栗色の髪をなびかせながらディアナへと駆け込んでくる。ディアナが両手を広げれば、子供は彼女の胸に戸惑いなく飛び込んだ。

「フェリクス、ただいま。今日も一日、きちんとお勉強した？」

「うん。ちゃんと勉強したよ」

ディアナの胸から顔を上げた子供――フェリクスは、新緑のような瞳を生き生きと輝かせながら今日一日に教わったことを話し始める。ディアナはフェリクスの話に耳を傾けつつ、そばで様子を見守る女性に挨拶《あいさつ》をして屋敷を出た。

使用人の寮と同じ敷地内に建つこの屋敷は、昼夜を問わず働く使用人達の子供を預かる施設だ。常に数人の大人が待機しており、昼間は学校としても運営されている。

フェリクスはディアナのひとり息子で、六歳になる。フェリクスの手を引いて自分達の部屋までやってきたディアナは、フェリクスとともに夕飯の準備をしつつ、今日一日の出来事を彼から聞いた。

「今日もね、おじさんと会ったんだけど……」

おじさんというのは、フェリクスが裏庭を散歩している時に出会った男性のことらしい。

預り所で過ごす子供達は、何か行事が城で行われていなければ城の中庭や裏庭を自由に歩き回れる。フェリクスは植物が好きなため、よくひとりで庭を歩き回っていた。おじさんとは、そのとき出会ったそうだ。

見知らぬ大人とフェリクスが話すことに、ディアナは多少の警戒心は抱くものの、城内に不審人物が入り込むことはまずない。兵士ではないと言っていたので、休憩中の文官が構ってくれているのだろう。何度か名前を聞いてくるよう言ったのだが、甥《おい》っ子にフェリクスが似ていて、甥っ子と同じようにおじさんと呼んで欲しいからと教えてくれないそうだ。少々不安はあるものの、フェリクスを好意的に見ているのは間違いないので様子見していた。

「おじさんから本を借りたんだ」

「本を？　どうしてまた？」

「おじさんはいろんな本を持っていてね。ぼくが植物に興味があるって言ったら、植物について書いてある本を持ってきてくれたんだ」

フェリクスがテーブルにのせたのは、薄い植物図鑑だった。

「この本をきちんと理解できたら、今度はもう少し分厚い本を貸してくれるって」

フェリクスがぱらぱらとめくるその本は確かに薄い本ではあるが、しっかりした装丁《そうてい》や色鮮やかな絵がたくさん描かれていることから、子供が気安く触っていい本ではないと分かる。そんな物を軽々と渡してくるなんて、様子を見ている場合ではないぞ、とディアナは判断した。

「ねぇ、フェリクス。母様、その本を貸してくれたお礼が言いたいわ」

「ええっと……次に会うのは六日後って約束なんだ。そのときでいい？」

それまでにこの本を読み終わりたいと話す息子へ、ディアナは「それで構わないわ」と微笑《ほほえ》んだのだった。

　フェリクスとの約束が明日に迫ったその日、ディアナはベネディクトの部屋を掃除していた。ベネディクト自身がある程度部屋の掃除をしているため、ディアナのすることはもっぱら美術品の手入れだ。一通りのことを終えた頃、ベネディクトがお茶を淹《い》れようとしたので、ディアナは自分に淹れさせてほしいと申し出た。

「でも、これは掃除をしてくれた君への報酬《ほうしゅう》なんだよ？」

「報酬はこの部屋でお茶を飲むことです。誰が用意するかは決まっておりません。わたくしは使用人ですから、仕えるお方にお茶を淹れてもらうというのは、少々落ち着かないのです」

「そういうものだろうか」と、ベネディクトは戸惑いの表情を浮かべたが、結局この場はディアナに譲《ゆず》ってくれた。ディアナはさっそく、ここ数日何度も練習してマスターしたベネディクト専用のお茶を淹れ始める。

　実のところ、お茶の淹れ方を覚えるだけならすぐに出来たのだ。古参メイドからの承認もその日のうちにいただいた。そんなディアナが数日をかけて何度も練習したのは、ベネディクト専用のお茶から、いかにディアナ好みのお茶を作り出すか、ということだった。

ディアナは凝《こ》り性だ。もちろん、自分が口にするものに対してもそれは適用される。他人にそれを強要することはないため、周りに迷惑はかけていないけれど、自分がやることに対してはとことんまでこだわる。

ディアナのこだわりが詰まりに詰まった渾身《こんしん》の一杯と、古参メイドが長年貫いてきたベネディクト専用の一杯。それぞれのカップを、ディアナはテーブルに置いた。ベネディクトは今、ディアナが整えた調度品《ちょうどひん》を眺めているため席についていないが、先日座っていた席においておけば大丈夫だろう。

などと考えた自分は忘れていたのだ。自分が対峙《たいじ》している相手が、ベネディクトであるということを。

「お茶が入りました」

ディアナの声に誘われてやってきたベネディクトは、あろうことか、ディアナが座る予定だった席に腰掛けた。

あ――と声をかける暇もなく、ベネディクトは目の前のお茶を口にする。アンナ曰《いわ》く、ディアナスペシャルと呼ばれるお茶を。

お世辞《せじ》にもおいしいとは言い難い、とても極端な味のお茶を口にしたベネディクトは、一口含んだあとしばらく動きを止め、甘ったるくてのっぺりミルキーなそれをごくりと嚥下《えんげ》したかと思うと、「ふふっ」と女神と称される美貌《びぼう》をほころばせた。

「とってもおいしいよ」

つぼみが開くような初々《ういうい》しい笑みを見つめながら、ディアナは思う。

（そのお茶、わたくしの分です）

結局ディアナは余計な口を利《き》かず、古参メイドの情熱が詰まったお茶を味わった。

古参メイドを想い、何も混ぜずに飲んだお茶は、いろんな意味で苦かった。

始まりで多少の行き違いがあったものの、ベネディクトとのお茶会は思いの外《ほか》、有意義なものだった。ベネディクトは芸術に関して幅広い知識を持っており、街でどんな演劇をやっているのか、有名楽団の演奏会がいつ頃行われるか、などといった話題からはじまり、ディアナが昔見て気に入った演劇の話をすればその原作本を出してくるなど、ひきこもっていたとは思えないほどの情報をその手に収めていた。

ディアナは渡された本をぱらぱらとめくって軽く読み進め、そういえばこんな内容だった、と思い出す。

（これを見たのは八年前。あの頃は、こんな未来が待っているなんて思いもしなかったわ）

「ところで、ディアナさん」

ベネディクトに声をかけられ、ディアナの意識が過去から現在へ呼び戻される。視線の先のベネディクトは、気遣わしげに目を細めながらディアナを見つめていた。

「あなたは美術品だけでなく、演劇や音楽などにも見識が広いようですね。まるで、どこかの令嬢のようだ」

ディアナは開いていた本を閉じて机に戻すと、優雅に微笑んだまま、ベネディクトを見据えた。

「女性の過去を探るなんて、無粋《ぶすい》ですわ。聞かなかったことに」

ベネディクトはディアナの視線の圧力を黙って受け止めていたが、目を伏せてひとつ息を吐くと、「……そうだね。申し訳ない、忘れてくれ」と謝罪した。

ディアナもベネディクトから視線を外し、机の上の本の表紙を指でなぞる。これ以上ここにいても気まずい沈黙が居座るだけだろうと判断し、もうおいとますることにした。

「そろそろ仕事に戻らねばなりませんので、失礼いたします」

ディアナが立ち上がって礼をすると、ベネディクトは「ちょ、ちょっと待って……」と慌てて立ち上がる。ばたばたと歩き回るベネディクトをしり目に、ディアナは茶器をのせたワゴンを押しながら廊下《ろうか》へ通じる扉へ向かう。最後に挨拶《あいさつ》をしようと振り返れば、ディアナの目の前に、小さな紙袋が差し出された。

「これ、今日出したお菓子。残り物で申し訳ないけれど、息子さんのお土産《みやげ》にどうかと思って」

息子と聞き、ディアナは一瞬動揺《どうよう》を見せたが、すぐに平静を取り戻す。ディアナに息子がいることは、とくに秘密ではない。調べればすぐに分かることだろう。

（そう、調べれば……ね）

「……申し訳ない。私のことを心配して、エミディオが調べたようだ」

「ベネディクト様の立場を考えれば、致し方ないことでしょう。わたくしが何者なのか、もうご存じなのですか？」

「いや。エスパルサ寺院で保護される以前のことは、全《まつた》く分からなかったよ」

「そうですか。でしたらもう、どうか放っておいてください。わたくしは、ディアナ・エスパルサとして、静かに生きていたいのです」

「君たちをどうこうしようなんて、思っていないよ。ただ、これからも部屋の掃除は続けて欲しい」

「……他の方に頼まれてはいかがですか？」

「君じゃないとダメなんだ。君が掃除をすると、精霊達が喜ぶんだよ」

「精霊……ですか」

ビオレッタを尊崇《そんすう》するディアナにとって、ビオレッタが大切にする精霊は重んじるべき存在だ。彼らを理由にされるとディアナに断るすべがなくなる。

（もしかして、分かっていてわざと精霊を持ち出した？）

ディアナはベネディクトをにらんだ。

「…………分かりました。また五日後に伺《うかが》います。それから、このお菓子もありがたく頂戴《ちょうだい》しますわ」

ディアナは差し出されたままの紙袋を受け取ると、礼をして部屋を辞した。

ワゴンを押して廊下をしばらく歩いたディアナは、突然深いため息をついてその場にしゃがみ込んだ。

（ベネディクト様に対して、なんて失礼な態度をとってしまったんだろう。自分で自分が信じられないわ）

いくら勝手に調べられたことに腹を立てたとはいえ——いや、そもそもまず、そこから間違っている。ベネディクトの立場を考えれば、近づいてくる者の身元が確かかどうか調べるのは当然なのだ。仕方がない。

にもかかわらず、ディアナは腹を立ててあんな失礼な態度を取ってしまった。廊下を汚したときといい、ディアナはどうも、ベネディクトを前にすると感情的になりやすい気がする。

「待っていたわよ。ちゃんとお茶を淹《い》れることはできた？」

考え事をしていたディアナは、突然かけられた声に驚いて飛び跳ねるように立ち上がる。目の前に、件《くだん》の古参メイドが立っていた。

期待に目を輝かせる彼女を前に、ディアナは言えなかった。

ベネディクトが間違って極甘《ごくあま》濃厚ミルクのディアナスペシャルを飲んだだなんて。

「ベネディクト様はなんとおっしゃっていたかしら？」

「おいしい、と……喜んでいらっしゃいました」

（あの顔は……喜んでいたのよね、たぶん）

ディアナの返事を聞いた古参メイドは、「そうでしょうとも」と頷《うなず》いた。

満足いく報告を聞いた古参メイドは、上機嫌で自分の仕事へ戻っていった。遠く離れていく背中を見送りながらディアナは誓う。

（今回のことは、誰にも話さずそっと心の中にしまっておきましょう。うん）


翌日、掃除を手早く終わらせたディアナは、短い休憩をもらってフェリクスとの待ち合わせ場所へ向かった。

フェリクスとの待ち合わせ場所は、裏庭のバラ園にある東屋《あずまや》だった。小ぶりな花が咲き誇るバラ園の中心に設《しつら》えられた東屋には、すでにフェリクスが待っていた。

借りた本を熱心に読み込んでいたフェリクスは、近づいてくるディアナに気付くと、満面の笑みで手を振る。ディアナも自然と表情がほころんだ。

「待たせてしまったかしら。おじさんは？」

「大丈夫。まだだよ」

「それは良かった。それにしても、こんな所まで遊びに来ていたのね。聖地の近くじゃない」

辺りを囲う色とりどりのバラの向こう側に、聖地を囲う高い生け垣《いがき》と、鳥籠《とりかご》のような丸い天井が覗《のぞ》いていた。

普段フェリクスが預けられている屋敷は、聖地と同じ城の裏側に位置しているが、聖地と寮の間には広大な裏庭を挟んでおり、寮の最上階からでも聖地の天井を覗くことは出来ない。それほど遠い場所へ、まだ六歳のフェリクスが頻繁《ひんぱん》にやってきていたなんて、驚きである。

「あのね。聖地には特別な植物があるって聞いて、ぼく、どうしても見てみたくって、のぞいてたんだ」

「覗いてた？　それって、どういう……」

「うん。こうやって、目隠ししている木の間に顔を突っ込んでね」

フェリクスは何かをかき分けて顔を突っ込む真似《まね》をする。おそらくは、目隠ししている木をかき分けて、顔を突っ込んでいるのだろうが、聖地を隠す木、というのはもしや……

「あなた、聖地を囲う生け垣に顔を突っ込んだの!?」

無邪気に頷くフェリクスを見て、ディアナは一瞬気が遠くなった。

（いやいやいや、倒れている場合じゃないわ！）

ディアナは気力を振り絞《しぼ》る。

「そんなことをして、誰かに見とがめられなかったの？　この辺りを警備する兵士や、聖地を守る神官様に見つかったりしたら――」

「うん。いたよ。それでおじさんに会ったんだもん」

「………は？　え、ごめんなさい、意味が理解できなかったのだけど」

「だからね、木の向こう側に、おじさんがいたんだ」

（木の向こう側にいたって……つまり、聖地にいたということ？　え、ちょっと待って。聖地に立ち入ることができる人なんて、知れているわ）

頭の中に浮かんだ人物に衝撃を受けながらも、何とか否定する材料が欲しくてさらに問いかけようとしたとき、フェリクスがディアナの背後を見て、「おじさん！」と笑顔で手を振った。

おそるおそる、フェリクスの視線の先を振り返ってみると――

生き生きと花開くバラに囲まれて、ベネディクトが立っていた。


聖地にほど近いバラ園は、東屋を中心にして円形にバラが植えてあった。今の時期に咲くバラは春と比べるとやや小ぶりだが、その分香りが強い。こっくりと甘い香りに包まれる東屋で、ディアナとベネディクトは向かい合って椅子《いす》に座っていた。そこにフェリクスの姿はない。借りていた本を返し、新しい本を受け取ったフェリクスは、ディアナによってすでに寮へと帰らされている。バラを楽しむために設置してあったのだろうテーブルセットに腰掛ける二人に、花を愛《め》でるような余裕はなかった。

黙ってフェリクスの消えた先を見つめていたディアナが、ベネディクトへと視線を移す。向かいに座るベネディクトは終始うつむいたままだ。

「ベネディクト様、まずはわたくしの息子に本を貸してくださり、ありがとうございます」

ディアナが頭を下げると、ベネディクトが「いえいえこちらこそ……」とつられて頭を下げる。お互いが頭を上げてやっと視線が合ったところで、ディアナは「ところで」と続けた。

「フェリクスとわたくしが親子だと知っていて近づいた、ということではありませんよね？」

「違う！　フェリクスと出会ったのは、君に子供がいると知る前だった。信じて欲しい」

見極《みきわ》めようと視線を鋭くさせるディアナを、ベネディクトは真剣な表情で見返す。にらみ合いは、ディアナが目を閉じて頭を振ったことで終了した。

「分かりました。信じましょう。それよりも、フェリクスが聖地を覗こうと生け垣に頭を突っ込んだそうで……申し訳ありません。後で言って聞かせます」

「あぁ、それなら大丈夫だよ。最初に約束したんだ。聖地の植物が見たいなら、私が持ってきてあげるから、覗いたりしないようにってね」

「そうだったのですね。重ね重ね、ありがとうございます。…………ところで、おじさん、と呼ばせていることについてですが……」

「あ……それは、だねぇ……」と、ベネディクトは顔を赤くして頭をかいた。

「実は、フェリクスが幼い頃のエミディオに似ていてね。それで、おじさん、と呼ばせていたのだよ」

（わたくしの可愛《かわい》いフェリクスとあのひと癖《くせ》もふた癖もありそうなエミディオ様が似ている、ですって？）

さぞかしディアナは変な顔をしていたのだろう。その表情を見たベネディクトは、つらつらと言い訳を始めた。

「いや、その、外見とかではなくて、好奇心旺盛《おうせい》なところとか、私の話に耳を傾ける姿勢とかがね、とてもよく似ているんだ。あの子はきっと、エミディオに負けないくらい賢い子になる」

「それで、おじさんと呼ばせたと？」

「う、うん……その、今でこそエミディオと普通に話せているけれど、少し前まで滅多《めった》に顔を合わせなかったんだ。その間、当然のことだけれど、エミディオの成長を見守ることが出来なかった」

まるで懺悔《ざんげ》するかのように、ベネディクトは視線を落とし、背を丸めて話す。その様子から、彼の強い後悔が伝わった。

「やり直したいのですね」

「無意味だって分かってる。でも、フェリクスと話している間だけ、なんだか、昔に帰れたようで楽しかったんだよ」

「……そうですか。でしたら、これからもよろしくお願いします」

はじかれたように顔を上げたベネディクトへ、ディアナは慈《いつく》しみに溢《あふ》れた表情を向ける。

「フェリクスは、父親の顔を知りませんの。ですから、あなた様に父親を重ねている節があります。お互い様ですわ」

「わ、私なんかが、父親代わりでいいのかいっ?」

ベネディクトが頰《ほお》を染めてうろたえだすと、それを見たディアナは手で口元を隠して微笑《ほほえ》みを浮かべた。

「あの子に必要なのは、大人の男性との関わりなのです。そしてそれは、好意的な関係のほうが喜ばしい。ベネディクト様が甥《おい》っ子をかわいがるようにフェリクスをかわいがれば、それはそのままフェリクスにとっていい経験になるでしょう」

「そ、そっか。そういうことだよね、うん」

ベネディクトは口では納得しつつ、なにやらしきりに首を傾《かし》げている。よく分からないが、ベネディクトが不思議なのはいまに始まったことではない。ディアナは放っておくことにした。

「それでは、仕事がまだ残っておりますので。そろそろおいとまさせていただきます」

「あぁ、うん。また後日、私の部屋の掃除も頼むよ」

「お任せください。それと、昨日はお菓子をありがとうございました。フェリクスが大変喜んでおりました」

「それは良かった。じゃあ、次も楽しみにしていてね、と伝えておいてくれるかい？」

「ふふふっ、きっとあの子、飛び跳ねて喜びますわ」

「いいじゃないか。子供らしくて」

「それもそうですわね」と、ディアナは笑みを深めた。


約束通り、ディアナはベネディクトの部屋を定期的に訪れ、掃除をした。その後美しくなった部屋でお茶を飲み、ベネディクトは欠かさずお土産《みやげ》のお菓子を渡した。

ちなみにだが、古参メイドの情熱が詰まったお茶は、その後一度だけ飲ませたことがある。ディアナスペシャルを誤って飲ませてしまった次のお茶会の時だ。ディアナは今度こそ失敗しまいと、ベネディクトが席についてから専用のお茶を差し出した。

ベネディクトは何も混じっていない琥珀《こはく》色のお茶を見つめてから一口含み、言った。

「今日のお茶は、前回飲んだものと違ってストレートなんだね。懐かしい味だよ」

「ベネディクト様はこのお茶がお好きだと聞きましたので」

(よかった、味の違いは分かるのね。大先輩の努力は無駄じゃありませんでしたわよ)

密かにほっとしているディアナをよそに、ベネディクトは首をひねりながら短くうなると、テーブルに出してある砂糖とミルクをいくらかお茶に混ぜ、もう一口飲む。

「う~ん。やっぱり、違うなぁ。この間ディアナさんが淹《い》れてくれたもの。あの味が忘れられなくてね」

思いもかけないベネディクトの言葉に、ディアナは思わず「ディアナスペシャルがですか!?」と訊き返してしまった。

「あれはディアナスペシャルっていうんだね。そうか。君だけが知る特別なお茶を飲ませてくれたんだね」

(いえ、違います。あなた様が間違って飲んだだけです)

「あれをまた飲みたいんだよ。もし君が良ければ、またあれを淹れてくれないだろうか?」

きらきらと目を輝かせながら懇願《こんがん》するベネディクトを前に、ディアナは「喜んで」と答える以外になかった。

古参メイドには言えやしないことが増えたりもしたが、二人のお茶会はフェリクスや幼いころのエミディオの話題も加わってとても楽しかった。

ディアナは内心、自分が未婚の母であると知っても態度を変えないベネディクトに驚いていた。ディアナは城勤めの四年間、そのことで何度か不当な扱いを受けたことがある。

しかし、どれだけ不本意な扱いを受けようとも、ディアナは胸を張って生きてきた。子供を授かることは奇跡だ。ディアナにとって、フェリクスの存在は重荷どころか生きるための糧《かて》と言っていい。それはフェリクスと生きてきた六年間で何度も実感してきたことである。

残念なことに、ディアナの同僚達は皆年若い女性ばかりなので、その事実に気付いてくれない。同情はしても、共感はしてくれないのだ。

そんな環境だったから、ベネディクトの反応はとても新鮮だった。フェリクスという存在をハンデなどとは見なさず、ディアナを形作るうえで欠かせない存在なのだと、フェリクスを含めてディアナなのだと、ベネディクトはきちんと理解しているのだ。

ディアナにとってフェリクスが生きる糧であるように、ベネディクトにとって甥のエミディオは生き甲斐《がい》だったのだろう。ベネディクトの話を聞く限り、まさに目に入れても痛くないというぐらいの溺愛《できあい》ぶりだった。

それほど大切にしていた甥っ子と、何年もまともに顔すら合わせられなかったのだ。いったいどれほどのことをしたのだろうと思う反面、さぞかしつらかっただろうなとも思う。

ビオレッタのおかげで和解が出来たと話していたので、きっと寂しさなど時の経過とともに薄れていくだろう。フェリクスの存在が、その手助けになればいい。ディアナはそう思った。

ディアナが定期的に部屋を訪れるようになったためか、ベネディクトに特攻するメイドも数を減らし、ディアナが余計な掃除をする機会も減っていった。

(余計な掃除は減ったけれど、こっちの被害は続いているのよね)

ディアナは今日の被害者――ならぬ、被害物の前で盛大なため息をこぼす。相変わらず、ディアナが整えた美術品を勝手に動かされるという被害は未だに続いていた。

日によって被害に遭《あ》う場所も時間もまちまちなため、待ち伏せして犯人をつきとめることが出来ないし、理由に至っては見当もつかない。ただひとつ言えることは、犯人は、ディアナが設《しつら》えた美術品だけを狙っている、ということだ。

「やっぱり……嫌がらせかしら」

今日被害に遭ったのは、両手で持てる大きさの聖櫃《せいひつ》だった。白地に金箔《きんぱく》の化粧《けしょう》が施《ほどこ》されたその箱は、確かにふたを閉じておいてあったのだ。にもかかわらず、いま目の前に置いてある箱は、ふたが少しだけ開いている。ほんの少しずれただけなので、箱の中は闇しか見えない。

「誰かに相談するべきかしら……」

つぶやいて、最初に浮かんだのはベネディクトだった。彼は精霊を通していろいろなことを知っている。ベネディクトに頼んで、犯人を突き止められないだろうか。

そこまで考えて、そういえばすでに相談したことがあったと思い出した。あの時は、いやがらせではないのでは、と話していた。もしかしたら、何か精霊から聞いたのかもしれない。

「今度、もっと詳しく聞いてみましょう」


と、そんなことを密かに決意した数日後、ディアナは散歩中のベネディクトを見かけた。

場所は客間が並ぶ廊下《ろうか》。今日はこの辺りの客間を使っている客人はいないので、誰かに会いに来た、というわけでもないのだろう。相変わらず、目的の分からない徘徊《はいかい》である。

等間隔《とうかんかく》に飾られた美術品を眺めながら歩いているようで、もしかしたら、美術品鑑賞をしているのだろうか、と思ったそのときである。ベネディクトがひとつの美術品の前で足を止めた。

ベネディクトがまじまじと見つめるのは、廊下の曲がり角に配置してある巨大な女神像だ。女神像の左右の壁に窓があり、窓から入る光が女神像全体を見事に照らしている。

あの位置に女神像を置いたのはディアナだ。あそこから少しでも後ろにずらすと光が当たらなくなり、前にずらすと逆光になってしまうのだ。我ながら、いい仕事をしたと思っていると、女神像をじっと見つめていたベネディクトが両手を伸ばし――

女神像を、廊下の隅に押し込んだ。

ベネディクトに声をかけようとしていたディアナは、驚きのあまり足を止める。その間にも、女神像はどんどん隅に追いやられ、ついには窓からの光が当たらなくなってしまった。

廊下の曲がり角、左右の窓から差し込む光の奥、薄暗い場所に女神像が立ち尽くしている。

「何をなさっているのですか！」

　こらえきれずディアナが声を張り上げると、満足げに女神像を見つめていた背中が、ぎくりと大きくはねた。ぎこちない動きで振り返ったベネディクトは、大股《おおまた》で近づいてくるディアナを見るなり、顔を引きつらせる。

　それを見て、ディアナは確信した。

（美術品を動かしていた犯人は、ベネディクト様だったのね！）

「ベネディクト様、なぜ、女神像を動かしたのか、ご説明いただけますか？」

　ディアナはベネディクトのすぐ目の前に立つ。逃がさないよう女神像と一緒にベネディクトをはさみ込んで問いかけたが、ベネディクトは視線を泳がせるばかりで答えようとしない。

「わたくしがどれほどのこだわりを持って美術品を管理しているのか、あなた様ならご存じのはずです。黙っていないで、ちゃんと説明してください！」

　強く問い迫るディアナへ、ベネディクトは視線をさまよわせながら何度も何かを言おうと口を開いたものの、結局なんの言い訳も説明も口にしなかった。

　ディアナはそれでも待った。彼はディアナの仕事への熱意を知っている。だからこそ、部屋の掃除を任せてくれているのだと思っている。そんなベネディクトがなんの理由もなくこんな真似《まね》をするはずがない。

　信じて待ち続けるディアナへ、しかしベネディクトは「申し訳ない……」とだけ答えた。

「……………そうですか。ではもう、結構です」

まさか引き下がるとは思わなかったのだろう。長い沈黙の果てにディアナがそう答えると、ベネディクトははっと顔を上げた。やっと視線を合わせたベネディクトは、ディアナを見て表情を凍りつかせる。

当然だろう。ベネディクトを見つめるディアナの視線は、それはそれは冷たいものなのだから。そこにあるのは怒りでも、ましてや悲しみでもない。

その視線が物語るのは、失望。

ディアナの信頼を裏切っておきながら何も答えようとしないベネディクトに、ディアナは失望したのだ。

「ディ、ディアナさ――」

「ごきげんよう、ベネディクト様」

ディアナはベネディクトの声を打ち消すように別れの挨拶《あいさつ》をすると、スカートを両手でつまみあげ、膝と腰を深く折った。

淑女《しゅくじょ》の見本となりそうな美しいお辞儀《じぎ》は、メイドが行うものではない。

これは、メイドとしてではない、ディアナという一人の女としての、別れの挨拶。

それを見たベネディクトは、瞳がこぼれ落ちそうなほど大きく目を見開く。彼が何か言う前に、ディアナは背を向けて歩き出した。

「ディアナさん、まっ……待ってくれ！　ディアナ！」

　ベネディクトの悲鳴のような声が背中に投げかけられたが、ディアナは振り返らなかった。


　ベネディクトがまた聖地から出てこなくなった。という話をアンナから聞いたのは、二日後だった。

「ねぇ、ディアナ。何か知らない？　あなたベネディクト様のお部屋に通っていたでしょう？」

「通っていたって……ただ単に部屋の掃除を任されていただけよ。それももうお役ご免になったわ。それにたかだか二日でしょう？　子供じゃないのだから、放っておけばいいのよ」

　二日ぐらいで大げさな、と、ディアナは深い深いため息をこぼした。

　心配せずとも、今日はフェリクスが本を返す日だから出てくるだろう。さすがに、フェリクスとの約束まですっぽかすような外道《げどう》ではないはずだ。

　ディアナはアンナや他のメイド達の追及を適当にあしらい、仕事に戻る。換気のために開けていた窓を閉めて回っていたとき、廊下に飾ってあるひとつの美術品の前で足を止めた。

　ディアナの目の前には、一領《りょう》の鎧《よろい》が飾られている。この鎧は久しぶりに倉庫から出さもので、埃《ほこり》を被《かぶ》ってくすんでいたのを、ディアナが丁寧《ていねい》に磨《みが》き上げた。その後、数人掛かりでここに飾り、最後の微調整をディアナが行った。

だから覚えている。兜《かぶと》の目元は閉じてあった。目元を覆《おお》うプレートが上にずれて中の空洞《くうどう》が見えている、というのはおかしい。

「二日ぶりに出てきたかと思えば……懲《こ》りない人ね」

ディアナは片手を額に当てて、忌々《いまいま》しげにぼやいた。

美術品をいじるなんて、ベネディクト以外にありえない。彼がひきこもっていたということは被害に遭《あ》わなかったのだから、まず間違いないだろう。

二日前の腹立たしさがまた蘇《よみがえ》ってきたので、落ち着こうと深呼吸を繰り返していると、足下から猫の鳴き声が聞こえた。声に誘われてうつむけば、ディアナの足下に、黒猫がちょこんと座っていた。

ディアナをじっと見つめるまあるい萌黄《もえぎ》色の瞳。毛足の短い黒い毛はつややかで手触りが良さそうだ。猫は黙って見つめているだけなのに、何か話しかけられている気がするのは、大きく揺れる尻尾《しっぽ》のせいだろうか。

「ネロってば置いてかないでよぅ！」

鈴を転がすような声が届き、ディアナは猫から視線を外して顔を上げる。

天使のような純真無垢《じゅんしんむく》な美——光の巫女ビオレッタが、そこにいた。

肩の辺りで切りそろえた髪はささやかな風にもふわりとなびき、その短さと相まって、彼女のはかなさを強調している。白い肌はまるでそれ自体が光を発しているかのようなつやがあり、唇は淡い色とみずみずしさを保っている。摑《つか》めば折れてしまいそうな細い手でネロと呼んだ黒猫を抱き上げ、空色の瞳を優しく細めた。

完璧《かんぺき》な美を体現するビオレッタは、ネロからディアナへと視線を移し、

「みぎゃあっ、まぶしい！」

叫び声をあげて猫を落とし、両手で目を覆った。

ビオレッタのあまりの美貌《びぼう》に衝撃を受けて固まっていたディアナは、ビオレッタの奇声という別の衝撃により我に返り、慌てて壁際によって礼の姿勢を取った。

「ね、ねねね、ネロッ！　いますぐ暗くして！　ディアナさんがまぶしすぎて直視できない！」

名前を呼ばれたため、ディアナは頭を下げたまま視線だけでビオレッタの様子を盗み見る。

ビオレッタは猫の両脇に手を突っ込んで抱き上げ、視線を同じにしてなにやら話しかけていた。

「情けないって、仕方ないじゃん！　ディアナさんが連れてる光の精霊の数、エミディオ様と同じくらいだよ」

「にゃごにゃん……にゃごにゃご、にゃにゃん、ん～」

「エミディオ様には背中に闇の精霊がいるから何とか大丈夫なの！」

（これは……猫と会話しているのかしら？）

ビオレッタが何のことを話しているのかディアナには全《まった》く理解できないが、ビオレッタが婚約者であるエミディオの背中にへばりついている姿を何度か見かけたことはあった。だからきっとそのことを言っているんだろうなと思いつつ、それがどうして自分と関わってくるのか、ディアナには皆目見当がつかない。

「今日はお礼言いに来たんでしょ。このままじゃまともな会話すら出来ないよ」

「にゃぁー……。にゃにゃにゃにゃいにゃん」

（おかしいわね。黒猫が『仕方ないな』と言ったように聞こえたわ。幻聴かしら）

ディアナの頭に疑問符が飛び交う中、目の前のビオレッタは嬉しそうにネロを抱きしめる。

すると、ネロの身体《からだ》が一瞬霞み、かと思えば、ビオレッタの周りが薄暗くなった……気がする。

「あの、巫女様……なんだか、暗くありませんか？」

礼儀など忘れて、ディアナが呆然《ぼうぜん》とビオレッタを見つめて思わず疑問を口にすると、ネロをその胸に抱くビオレッタはこちらへと視線を移し、「はい。暗くなりました」と笑顔で答えた。

「ネロは闇の精霊だから。お願いして影を作ってもらったんです。ディアナさんの周りにはエミディオ様と同じように光の精霊が飛び回っていてまぶしいので、直視できないんです」

「は、はぁ……」

直視できないほどまぶしいだなんて、いったいビオレッタの目に自分はどう映っているのかと不安になる。

（まさか、婚約者であるエミディオ様のことも直視できない……なんてことはないわよね？）

まさかそんなと思いつつ、目の前で邪念のかけらもなくニコニコ微笑《ほほえ》んでいるビオレッタを見ると、あり得る話に思えてきた。

「改めまして、初めまして、ディアナさん。私、ビオレッタ・ルビーニと申します」

存じ上げております、とは言えず、ディアナは素直に自らも名乗った。

「実はですね、ディアナさんにお礼がしたくて話しかけたんです」

「お礼、ですか？」

「はい。いつも城をきれいに掃除してくれるでしょう？　あなたが掃除した場所は居心地がいいって、精霊達が言っているんです。そのお礼を、自分達の代わりに伝えて欲しいって」

「精霊が……わたくしが掃除した所に、いるんですか？」

「精霊はどこにでもいますよ。みんな、ディアナさんに姿を見せてあげて」

ビオレッタがどこと決めずに声をかけると、不意にディアナの周りが薄暗くなり、ぽつりぽつりと、手のひら程度の光が浮かび上がった。ほんのりと心を温めるような、淡いながらも強い存在感を放つ光に、ディアナは見覚えがあった。

「陽寂《ようじゃく》の日の、奇跡……」

ディアナがビオレッタを知ったのは、陽寂の日だった。光の神の化身である太陽が黒く欠けるという前代未聞の出来事に城中の人間が混乱する中、ディアナは大きく取り乱すこともなくフェリクスを探した。

ディアナは神など信じていない。どれだけ願ったところで神は奇跡を起こさないと、七年前に思い知ったからだ。だからディアナは、中庭で見つけたフェリクスを抱きしめながら冷静に考えていた。このまま太陽が消えたとき、これからの生活にどう影響するのかを。

そんなディアナの目の前に現れた光。夏の夜を照らすホタルのような儚《はかな》い、それでいて弱まることなく灯り続ける光は、触れても、握りつぶしてもそこに存在した。

いったい何が起こったのかとディアナが辺りを窺《うかが》えば、遠く見える正門に、ひときわ明るい光の塊《かたまり》を見つけた。自分達の周りを飛び交う光の粒が寄り集《たか》り、ひとりの少女を照らしているのだ。それが、ディアナがビオレッタを知った瞬間だった。

少女はおびえる人々の前に立ち、その身に受け止めた彼らの不安を打ち消すため、さらなる奇跡を起こした。

暗い空に降り注ぐ光の粒。その光の、奇跡を起こすビオレッタの、なんと美しいことか。

ディアナはそのとき思った。神を信じることは出来なくとも、ビオレッタは信じようと。希望や絶望といったむき出しの感情を一身に受け止める彼女を、尊崇《そんすう》しようと決めた。

あの日の奇跡がいま、目の前で再現されている。

「この奇跡が……精霊なのですか？」

「そうです。この世界は精霊で溢《あふ》れてる。みんなには見えなくても、精霊はみんなのそばに存在して、みんなのことを見守っています」

「見守って……そう、そうですね。ずっとそばにいてくれたから、こんなにも温かく感じるんだわ」

ディアナが手を伸ばすと、その手に光の粒と、よく見れば丸い影も一緒に集まってきた。まるで古くからの友人に久しぶりに会えたかのような、そんな懐かしさで胸が苦しくなる。

精霊達と戯《たわむ》れるディアナを、ビオレッタは満ち足りた表情で見つめていたが、ふと、すぐそばの鎧に視線を移し、クスクスと笑い出した。

「これ、ベネディクトさんがいじったんですね」

「その通りですが……どうしてベネディクト様が何かしたと？」

「だって、闇の精霊がはしゃぎまくってますから。よっぽど嬉しかったんでしょうね」

ビオレッタが何を話しているのか分からず、ディアナは首を傾《かし》げた。それを見たビオレッタはしまった、という様子で口元を両手で押さえたあと、気を取り直すように咳払《せきばら》いをしてから、ディアナへと向き直った。

「ディアナさんが掃除した部屋はとってもきれいで、精霊達が居心地がいいと喜んでいるっていいましたよね。実は、光の精霊がとくに喜んでいるんです。というのも、光の精霊はきれいなものが好きで、美術品が一番美しく見えるよう飾るディアナさんは光の精霊のお気に入りです。ディアナさんはエミディオ様並の光の精霊をつれています。もう、ぴっかぴかです」

「そ、そうなんですか……」

「ディアナさんの飾った美術品は光の精霊に大人気なのですが、闇の精霊には少々近寄りがたいのです。というのも、美術品全体がまんべんなく映えるよう光の当たる位置とか気にしているでしょう？　闇の精霊は濃い影を好むのに、それがない」

「まさか……ベネディクト様が美術品を動かしていたのは……」

「はい。闇の精霊にも近づきやすいよう、影を作っていたんだと思います。いまも、鎧の内側の影に闇の精霊が入り込んで、兜の目元から顔を覗《のぞ》かせています。すっごく嬉しそう。彼らも、大好きなディアナさんが飾った美術品に触りたかったんでしょうね」

ディアナは辺りを見渡してから、改めて目の前の鎧を見る。目元の空洞から覗く影が、ディアナが飾った美術品のなかで唯一の濃い影だった。

「こんな……こんな理由だったなんて……」

ディアナは誰に聞かせるでもなくつぶやいて、顔を両手で覆《おお》った。

思い返せば、ベネディクトの行動の根底には常に精霊がいたように思う。精霊に教えられてディアナの存在を知り、精霊が喜ぶからディアナに部屋の掃除を頼んだ。

（闇の精霊が美術品に触れられるように動かしたって、なんの不思議もないわ）

「だったら言えばいいのに、あの方は……」

ため息混じりにそうぼやき、ディアナは両手を下ろしてビオレッタと向き合う。

「ビオレッタ様。大変申し訳ありませんが、少々、私用が出来てしまいました。御前を失礼させていただいても、よろしいでしょうか？」

ビオレッタは瞬きを繰り返していたが、「あぁ」と突然納得したかと思えば、無邪気な笑みを浮かべた。

「ベネディクトさんなら、裏庭のバラ園に息子さんと一緒にいるそうです」

ビオレッタの言葉に、今度はディアナが目を瞬かせる番だった。そんな彼女へ、ビオレッタは「精霊が、応援しているって言ってます」と、握りしめた拳を掲《かか》げて見せた。

何をどう応援しているのか分からないが、ビオレッタが言うのだから、ベネディクトはそこにいるのだろう。

「ビオレッタ様、ありがとうございます。このディアナ・エスパルサ。あなた様に深い尊敬と揺るぎない忠誠を捧げましょう」

ディアナはスカートの裾《すそ》をつまんで持ち上げると、膝と腰を深く曲げて礼をした。一分の隙《すき》もない、完璧《かんぺき》な淑女《しゅくじょ》の礼を目《ま》の当たりにしたビオレッタは、「ままっ、まぶしいぃ!!」と叫んで両手で目を覆ったのだった。

「おじさんは、母様とけんかしたの？」

ど直球なフェリクスの質問に、ベネディクトは口にしていた焼き菓子を喉《のど》に詰まらせ、盛大にむせた。胸を叩いて咳《せき》を繰り返すベネディクトの背中を、フェリクスが何度もさする。

「し、心配ないよ……それよりも、ディアナさんが何か言っていたのかい？」

フェリクスは心配そうな表情のまま、首を左右に振った。

「なんとなく、母様が不機嫌な気がしたんだ。あと、今日おじさんと会うって言ったら、何か言いたいことを必死に我慢している感じだったから」

それは、ベネディクトに会わないで欲しい、と言いたいのを必死にこらえていたんじゃなかろうか。自分の感情と息子の友人関係を一緒くたにしないディアナは素晴らしい母親だと思う。

「実は……ディアナさんを怒らせてしまってね」

メイドであることにある種こだわっている節があるディアナが、貴族令嬢が行う淑女の礼をベネディクトに行った。それはつまり、メイドとしてではなく、ディアナという人間からの別れの挨拶《あいさつ》ということだ。

怒らせたなんていう段階じゃなく、完全に嫌われて、それどころか縁も切られたといっていいだろう。自分で導き出した考えであるのに、ベネディクトは落ち込んだ。

「母様にちゃんと謝ったの？」

「謝った……けど、それですむ問題じゃないんだ」

「そっか。良く分かんないけど、待ってみればいいんじゃないかな。母様って、そのときは思い切り怒るけど、後になって言いすぎたって落ち込むことが多いんだ。そのうち、母様のほうから話しかけてくるよ」

「そっか、じゃあ待ってみるよ」と微笑《ほほえ》んだものの、ベネディクトはそれは無理だろうと確信していた。

なぜなら、今日早速ディアナの手入れした美術品をいじったからである。ディアナの信頼を取り戻すならば、美術品に触れるべきではないのだが、部屋の外で待ち構えていた闇の精霊に全幅《ぜんぷく》の信頼とともにお願いされてしまっては、断ることなど出来るわけがない。

いまごろあの鎧《よろい》が見つかって、地に落ちていたディアナの中のベネディクトの評価が、地の底にめり込んでしまったことだろうと思い、ベネディクトは悲しくも情けない気持ちになった。

まぶたを閉じれば、怒りのあまりベネディクトの名前を叫ぶディアナの姿が目に浮かんだ。

「ベネディクト様！」

そうそう、こんな感じ、などと思っていると、横に腰掛けるフェリクスが「母様」と口にする。その声に誘われてベネディクトが目を開いてみれば、咲き誇るバラの向こうに、ディアナの姿があった。

外界からバラ園を隔離する生け垣《いがき》を抜けたディアナは、バラ園中央の東屋《あずまや》に、フェリクスと一緒にいるベネディクトを見つけ、考えるより先にその名を叫んでいた。

物思いにふけっていたベネディクトは、駆け寄ってくるディアナを目にするなり、立ち上がって背を向ける。そのまま振り向きもせず走り出そうとしたので、ディアナはとっさに靴《くつ》を片方脱いでベネディクトへ投げつけた。

ディアナが放った黒の革靴は、くるくると回転しながら放物線を描き――

「いだっ！」

見事ベネディクトの後頭部を打ち抜いた。

かかと部分が当たったらしく、ベネディクトは打ち付けた部分を両手で押さえてその場にうずくまった。その間にもベネディクトに追いついたディアナは、投げつけた靴を拾うこともせず、ベネディクトを見下ろす。

「ベネディクト様、お話があります」

「わ、分かった。ちゃんと聞くから。痛みがひくまでちょっと待って……」

「そうですか。では、わたくしはその間に靴をはき直させてもらいます」

一言断ってから、ディアナはベネディクトから少し離れた位置に転がっている自分の靴を拾い、はき直す。一応の身なりを整え終わり、ベネディクトを振り返ってみれば、何とか立ち上がった彼は未だ頭を押さえていた。

「強引なことをして、申し訳ありませんでした。ただ、そうでもしないときちんと話せないと判断いたしまして」

「いや、うん。まぁ、顔を見るなり逃げ出した私も悪い。申し訳ない」

ディアナとベネディクトは、東屋のテーブルセットに向かい合うように座り、お互いに頭を下げていた。ちなみに、フェリクスは空気を読んで早々に寮へ帰っている。

「……で、話というのは？」

「はい。今日、わたくしが手入れした鎧に手が加えられているのを発見いたしまして」

「そ、それは……」

視線を泳がせて焦るベネディクトへ、ディアナは何も言わなくていいと、頭を振った。

「事情は光の巫女様から聞きました。闇の精霊のために、行っていたことなのでしょう？」

ベネディクトははじかれたように顔を上げる。不安に揺れる瞳を向けられたディアナは、小さく嘆息《たんそく》した。

「わたくしがなぜあれほどまでに怒ったのか、分かりますか？　熱意を込めて飾った美術品を勝手に動かされたことにもですが、それ以上に、あなた様が何も言い訳してくれなかったからです。言い訳する必要を感じない、その程度の相手と認識されていたのか。そう思ったのです」

「誤解だっ、そんなことはない！」

「でしたらなぜ、説明してくれなかったのですか？　確かにわたくしは精霊が見えません。ですが、あなた様が嘘つきではないことを知っています。精霊のためだったのだと、きちんと話してくだされば、わたくしはきちんと理解いたしました」

「ディアナさん……」

「それとも、あなた様がわたくしを信用してくれなかったのですか？　あなた様の言葉を、頭から否定するような女だと思っていたのですか？」

「違う！　違うんだ……君が悪いんじゃない。私が……臆病だっただけなんだ」

ベネディクトは強い声で否定したかと思えば、その勢いは続かず、しょんぼりと背を丸めてうつむいた。

「……私とエミディオは、一時期顔を合わせることすら出来なかったと話したけれど、すべての始まりは、私が生まれたばかりのエミディオに精霊がたくさんくっついている、と言ってしまったからなんだ」

陽寂《ようじゃく》の日に大きな奇跡を起こしたビオレッタが光の巫女になったことで、精霊という存在は教会に認められたが、それ以前は、精霊は存在しないものとして扱われていた。精霊が存在すると話していたのは、ビオレッタの生家でもあるルビーニ家をはじめとした魔術師のみだ。

光の神と同じように精霊を崇拝《すうはい》する魔術師は教会にとって邪魔な存在であったが、魔術師一族のビオレッタが神の末裔《まつえい》とされるエミディオと結婚することで、魔術師が光の神に帰順した、ということになり、教会側も精霊の存在を認めた。

精霊の存在が異端ととらえられていた時代に、神の子孫たる第一王子に精霊がくっついている。などと発言してしまえば、それはそれは面倒なことになるだろう。アレサンドリ王家は光の神の子孫という付加価値によって民衆の関心を集めている。そのブランドに傷をつけるようなことはなるべく避けたいと、王家だけでなく貴族たちも考えたはずだ。

（なるほど。それは王籍を外れてひきこもる事態になるわ）

傷のついた第一王子より、出来がいいと評判の王弟のほうが担《かつ》ぎやすいと言い出す輩《やから》はいくらでも湧いてくるだろう。エミディオが最近やっと王太子となったことといい、幼いころはさぞかし苦労したに違いない。

（むしろよく和解出来たわね。いくら光の巫女様が橋渡し役とはいえ……エミディオ様、なんて懐《ふところ》が広いの）

「私にとって、精霊は何よりも尊《とうと》い、絶対の存在だ。けれど、他の者達は違う。いくら教会が存在を認めたとしても、精霊はまだまだ異端だ。そんなときに私が精霊について話して、知らぬ間に相手を傷つけてしまったら……そう思ったら、何も言えなかった」

ベネディクトの懺悔《ざんげ》を聞いたディアナは、眉間《みけん》をもみほぐしながら深いため息をこぼす。

「傷つけたくないと口を閉ざした結果、わたくしは言い訳もしてもらえないのかとショックを受けました。これでは、本末転倒《ほんまつてんとう》ではありませんか？」

「な、何も言い返す言葉がない……で、でも、以前精霊が喜ぶから掃除をしてほしいと頼んだとき、君は不愉快そうな顔をしたじゃないか」

「あれは……精霊に対して不快感を覚えたのではなく、光の巫女様が大切にされている精霊を理由にされては断れないことを知っていて、わざとあんな言い方をしたのだと思って、それで不機嫌になっただけです」

ベネディクトは顔を上げてディアナを見る。すがるような彼の瞳に、ディアナは苦笑した。

「ベネディクト様。あなた様は、もう少し周りを見るべきです。わたくしは、精霊に気に入られていると言われて、気味悪がるような女でしょうか。ここだけの話ですが、わたくしは光の神などこれっぽっちも全《まった》くちっとも信じておりません。けれども、光の巫女様を心より敬愛いたしております。あのお方が愛する精霊を、否定するはずがないでしょう」

言葉もなく目を見張るベネディクトへ、ディアナは胸を張って言い切った。

「光の巫女様が大切にする精霊に好かれているだなんて、素晴らしいことではありませんか。闇の精霊にとって心地よい場所くらい、いくらでも作りましょう」

「それって、つまり……結局、巫女様が一番、ということでは……」

「何か問題でも？」

「……ございません」

「では、闇の精霊がどのような場所を好むのか、教えていただけますか？」

淡々と問いかけるディアナに、ベネディクトはこらえきれず破顔《はがん》したのだった。


ベネディクトは日課の散歩をしていた。どこを歩くのかは、一緒に散歩する精霊たちに決めさせている。いつも彼らの気の向くままに城を歩き回るのだが、精霊たちは必ず、ディアナが設《しつら》えた美術品のところへ立ち寄った。

ディアナの担当した美術品は、どれもその美しさを最大限に引き出されていた。光の精霊達が大喜びで美術品を見て回っている中で、ただひとつ、異彩を放つ作品があった。

天窓の真下。さんさんと日光が降り注ぐ位置に、花瓶《かびん》が展示されている。海を思い起こさせる青いガラスの花瓶には、強い光がよく似合う、鮮やかな色の大ぶりの花が生けてあった。

直射日光を浴びて濃い影が落ちていたが、暖かい地方に咲くという花々は影が濃いほど花びらの色が際立《きわだ》ち、良く映える。

物語で読んだ南国を切り取ってきたかのようなその作品の周りでは、闇の精霊が楽しそうにかくれんぼしていた。

第二章　王弟殿下は奮闘しました。

ベネディクトとのちょっとした行き違いから一カ月。季節はすっかり秋へと移り変わり、朝や夜の冷え込みから冬の足音を感じるようになった、今日この頃。

「ディアナ、ちょっといいかしら？」

同僚の呼びかけにディアナが足を止めると、すかさず数人のメイドが彼女を取り囲んだ。

(随分《ずいぶん》物騒な構図ね。けれど残念なことに、珍しい体験じゃないのよ)

ここ数日、ディアナは様々な係のメイド達に囲まれてばかりだ。そして皆が皆、同じ質問をするのである。

「ベネディクト様が、結婚を考えて数人の令嬢と顔合わせされているみたいなんだけど、あなた、何か聞いていないの？」

もう何度目かわからない質問に、ディアナはうんざりという気持ちを隠すことなく表情に乗せ、おなじみの答えをする。

「一介《いっかい》のメイドであるわたくしが、何か知るはずがないでしょう」

「でもあなた、ベネディクト様の部屋に通っているじゃない」

「だからあれは、部屋の掃除をしているだけで、ベネディクト様とわたくしの間に特別なことなど何もないわ」

ディアナのきっぱりとした物言いに、同僚たちは納得しきれないながらも諦めて去っていく。

（何とか引き下がってくれたわね。さてと、仕事に戻りますか）

無事解放されたディアナは、最近遅れがちな仕事を急いでこなしてしまおうと、早足で廊下《ろうか》を歩いた。


「あ、ベネディクト様」

中庭のテラスの清掃をしていると、一緒にテラス担当になったアンナがぽつりとこぼす。その声につられてディアナが拭き掃除をしていたテーブルから顔を上げてみれば、遠くの噴水を歩くベネディクトの姿が見えた。

ベネディクトの白金の髪は、秋の和《やわ》らいだ日差しの下でもきらきらと輝くため、すぐに見つけられる。彼がどこをほっつき歩いていようとディアナは何ら不思議に思わなくなったが、その日はいつもと違い、ベネディクトのアメジストの瞳が見つめるのはあたりを漂う精霊ではなく、手を引いてエスコートしている令嬢だった。

「お見合いしているっていう噂《うわさ》は本当だったのね。あ～あ、残念。メイドと神官の身分違いの恋、楽しみにしていたのにな」

意味深な視線を送られたディアナは、ため息とともに首を左右に振った。

「あるわけないでしょう。相手は公爵位を持つ王弟殿下よ。王籍を外れたとはいえ、その責務は変わらないわ。王族に万が一があった時の保険として、ベネディクト様には子孫を残していただかないと」

「確かにそうなんだけど……なんていうか、夢がない」

「ここは現実だもの、仕方がないわ」

身も蓋《ふた》もないディアナの答えに、アンナは不満げに口を尖らせたのだった。


ベネディクトが結婚を視野に入れて数人の令嬢と会うようになった、という噂がささやかれるようになってからも、ディアナがベネディクトの部屋を定期的に訪れ、掃除をしてお茶を飲むという習慣は継続中だ。ディアナが見合いについて何か探りを入れることも、ベネディクトがそれに関してディアナに何か言ってくるということもなく、洗練された居心地のいい部屋でまったりとお茶を飲んでいた。

（ベネディクト様の結婚が決まったら、わたくしの役目は夫人に譲《ゆず》ればいいのかしら。あぁ、でも、それを決めるのはベネディクト様じゃなくて精霊なのよね、きっと）

ベネディクトが誰と結婚しようと何ら不満はないが、ベネディクトの部屋でのお茶会には大いに未練がある。夫人も一緒でいいから、ベネディクトの部屋を掃除するという習慣は継続したいな、などとのんきに考えていたものだから、

「おじさんが貴族の女の人と結婚するって先生から聞いたんだけど、おじさんは母様と結婚するんじゃないの？」

と、フェリクスに問いかけられたときは、さすがに動揺《どうよう》して皿を落としてしまった。幸い、テーブルから取り上げた直後だったので割れていない。

「……フェリクス、ベネディクト様はとても身分の高いお方です。そんな方と、わたくしのような一介のメイドが結婚できるはずがないでしょう」

「でも、母様はおじさんが好きなんでしょう？」

フェリクスはディアナを見上げて首を傾《かし》げる。明るいエメラルドの瞳がじぃっと見つめていたので、ディアナはダイニングに座りなおしてフェリクスと向き合った。

「確かに、ベネディクト様は素敵な人だと思うわ。けれどわたくしには、あなたの父様がいるでしょう」

「でも、父様は――」と言いかけて、フェリクスは痛みをこらえるようにうつむく。

「もしも、おじさんと結婚したら、母様は今みたいに働かなくてすむでしょう？」

「確かに、メイドとして働く必要はなくなるわ。けれど、地位あるものには、それ相応の重責

があるの。楽ができるわけじゃないわ」

ディアナはこれで話は終わりとばかりに立ち上がると、うつむいたままのフェリクスの頭を撫《な》で、食器の片づけを再開した。


それからしばらくたったある日のことである。朝一番の清掃が終わり、掃除道具を抱えて倉庫へ向かっていた時だ。視線の先に、護衛と二人きりで廊下に飾られた美術品を鑑賞するビオレッタを見つけた。

（あぁ……光の巫女《みこ》様。今日もなんて美しいのかしら、眼福《がんぷく》ね）

ディアナは足を止め、ビオレッタの美しさを遠目にひっそり堪能《たんのう》する。ネロと呼ぶ黒猫を胸に抱えるビオレッタは、ディアナが昨日手を入れた美術品を鑑賞しながらネロに何事か話しかけていた。

ビオレッタから精霊の話を聞いてから、ディアナは闇の精霊が好みそうな展示も作るようにした。濃い影を使って、いかに美術品の美しさを極《きわ》めるか、という新しい可能性に気づかせてくれたことに今では感謝している。

（わたくしの展示した美術品を、光の巫女様が鑑賞なさるだなんて、感無量ね。あぁっ、笑顔を浮かべられたわ！　気に入ってくださったのかしら。ベネディクト様に詳しく話を聞いた甲《か》斐《い》があったわね！）

可憐《かれん》なビオレッタの笑顔にディアナが心を撃ち抜かれていると、ビオレッタの斜め後ろにずっと控えていた護衛騎士が、突然彼女の腹に腕を回して脇に担《かつ》いだ。

考えるよりも先に、ディアナは駆け出した。

突然担がれたビオレッタは胸に抱いていたネロを落っことし、護衛騎士改め誘拐犯《ゆうかいはん》の脇でくの字になってぶら下がっていた。恐怖のあまり声も出せず、護衛の足元に落っこちたネロへと手を伸ばしている姿が痛ましい。

誘拐犯は脇に担ぐビオレッタを見つめて、うわごとのように何かつぶやいている。その背後に、ディアナは駆け込み、

「成敗《せいばい》！」

気合の一声とともに、ディアナはモップの柄を誘拐犯の脳天にたたきつけた。誘拐犯がビオレッタを落としてうずくまるなりディアナはその腹をけり上げてビオレッタから距離を離し、かつ、あおむけに倒れたところへみぞおちに膝蹴《ひざげ》りをお見舞いしつつ乗り上げ、喉元《のどもと》にモップの柄を滑り込ませて動きを封じた。

「ディ、ディディディ、ディアナさん!?」

「お怪我《けが》はありませんでしょうか、光の巫女様。不届き者は、このディアナが成敗いたしましたので、ご安心くださいませ」

誘拐犯を押さえたまま、ディアナはビオレッタへと振り向き、安心させようと笑いかける。その笑顔を見たビオレッタは、「ひぎゃあっ、まぶしい！」と叫んで後ろへ倒れこんでしまった。

(助けたと思ったのだけど……なんだかわたくしのせいで光の巫女様がダメージを受けた気がする。……きっ、傷ついてなんかいないわ！)

やりきれない気持ちをぶつけるように、ディアナは不届き者の喉にモップを食い込ませた。

「そこまでです。もう十分でしょう」

背後から落ち着いた声がかかったかと思えば、数人の騎士がディアナから誘拐犯を取り上げ、どこかへと連れ去ってしまった。あまりの早業《はやわざ》に感心しながら小さくなっていく誘拐犯を見送っていると、ディアナの視界に、純白の鎧《よろい》を纏《まと》った騎士が現れた。

「このたびは、巫女様を誘拐犯から救い出していただき、ありがとうございます」

騎士が胸に手を当てて優雅に一礼すれば、ひとまとめにして横に流していた濃紺《のうこん》の髪がさらりと垂れた。

ディアナはこの騎士に見覚えがあった、いつだったか、ベネディクトがディアナと似ているといった近衛《このえ》騎士――レアンドロである。彼はビオレッタの護衛らしいのだが、どういうわけかいつもビオレッタの傍にはおらず、少し離れた位置から見守っている。誘拐犯に変貌《へんぼう》するような護衛を置くくらいなら、最初からレアンドロがビオレッタの傍にいればいいのにと思うの

だが、きっと何かやんごとなき事情があるのだろう。

異国の血を感じさせる黄味がかった肌や、冷たい印象さえ抱かせそうな鋭い瞳。けれど常に淡く微笑《ほほえ》んでいるため、柔らかな印象を与えた。

（本心を笑顔で包み隠すだなんて、ただ見目が麗《うるわ》しいというだけの騎士ではないのでしょうね）

柔和《にゅうわ》な笑顔に騙《だま》されなかったディアナは、モップを胸に抱え、膝を折って礼を返した。

「光の巫女様は我々の希望。危機に瀕《ひん》しておられれば、この身を挺《てい》してお守りするのが当然です。ただ……わたくしのせいで、光の巫女様が倒れてしまったようなのですが……」

ディアナは頭を下げたまま、視線だけでレアンドロの背後で転がるビオレッタを見る。ビオレッタへと振り返ったレアンドロは、目元を両手でかばったまま倒れ伏すビオレッタを見て、「あぁ……」と彼女のそばに膝をついた。

「巫女様、危険は去りました。どうか気を確かにもって下さい」

「ネロォ……暗く、してぇ……」

レアンドロに促され、立ち上がろうとうつぶせになったビオレッタは、顔を伏せたままネロへと手を伸ばす。するとネロがディアナの目から見てもよくわかるため息をこぼし、一瞬身体《からだ》を霞ませたかと思えば、ビオレッタの周りがどんよりと薄暗くなった。

「はぁ……これで何とかディアナさんを直視できる。ディアナさん、危ないところを助けていただいて、ありがとうございました」

とりあえず起き上がったビオレッタは、床に座り込んだまま、ディアナへと頭を下げる。当然のことをしたまでだと恐縮するディアナへ、ビオレッタは笑いかけた。

（良かった。笑顔を見せられるくらいには心に余裕があるのね）

ディアナが安堵《あんど》していると、そばに控えていたレアンドロがビオレッタへと手を差し出した。

「巫女様、お手をどうぞ」

そう言って手を差し出すレアンドロは、ディアナから見てもよくわかるほど、その視線にビオレッタへの敬愛をのせていた。

「うぎゃっ、かゆいぃぃぃぃ！」

突然ビオレッタが叫び、全身をかきむしり始めた。

（何事!?）

突然のことに呆然《ぼうぜん》とするディアナをよそに、レアンドロは「あぁ……」と嘆《なげ》く。

「恐怖のあまり、私が誰だかわからないのですね」

（いやいやいや、分かっていると思います。むしろ分かっているからそうなったのでは……）

そう思いつつも何も言えないディアナを放って、レアンドロはもがき苦しむビオレッタを軽々と抱き上げた。

「ご安心ください。今すぐ、エミディオ殿下のもとへお連れ致します」

レアンドロがそう高らかに宣言して至近距離で見つめれば、とうとうビオレッタは目を回してしまった。

「み、巫女様!? レアンドロ様、巫女様は大丈夫なのですか?」

「エミディオ殿下のもとへお連れすれば大丈夫です。そうだ、あなたもご一緒してください。今回のこと、殿下に報告しなければなりませんから」

「はっ? いや、でも……」と渋るディアナを無視して、レアンドロは「さぁ、急ぎましょう」と仰々《ぎょうぎょう》しく急《せ》かしながらさっさと歩きだしてしまった。

ただのメイドであるディアナが、近衛《このえ》騎士の命令を無視するわけにもいかず、ディアナはあきらめのため息を盛大にこぼしてから、レアンドロの背を追いかける。レアンドロの腕の中でぐったりしているビオレッタを見て、ディアナは思った。

(この調子では、レアンドロ様を護衛として傍に置くのは不可能ですね)


「連れ去られそうになったビオレッタを助けてくれたそうですね。ありがとうございます」

レアンドロに案内された王太子の私室にて、王太子エミディオから直接ねぎらいの言葉をかけられたディアナは、礼の姿勢を維持したまま「恐れ入ります」と答えた。

「……うっ、うぅ……」

最初はソファに座るエミディオの向かいの席を勧められたのだが、使用人の分際で王太子と席を同じにするなどできないと固辞し、ローテーブルの横に控えていた。

「女性の身でありながら騎士を行動不能にするとは……何か特別な訓練でも受けたのですか？」

「ふぇっ……ぐずっ」

「多少の護身術を習う機会はありましたが……今回のことは、たまたま、相手の不意を衝《つ》けたからこそうまくいったのです。でなければ、騎士を退けるなど無理でしょう」

「謙虚だねぇ。メイド風情《ふぜい》に簡単に沈められるようなふがいない騎士でないことを祈るよ」

エミディオはディアナの隣に同じく控えるレアンドロへと視線を移す。レアンドロは「肝《きも》に銘《めい》じておきます」と頭を下げた。

「ふぐっ、ううぅ～……」

「…………あのー……」

「なんでしょうか？」

「恐れながら……王太子殿下、その、光の巫女様は……」

周りが触れようとしないので従っていたディアナだが、とうとうこらえきれず問いかける。

ディアナは頭を下げたまま、視線でエミディオの背後を指した。エミディオの背後、ソファの背もたれの向こう側には、床に座り込んでぐずぐず泣き続けるビオレッタの姿がある。

エミディオはディアナの視線に促されて背後をちらりと振り返った。

「ふふっ、お気になさらず」

（いや、気にしますから！）

満面の笑みでそう言い切るエミディオに、ディアナは心の中で思い切り突っ込む。ディアナの心情を察したのか、エミディオはため息をひとつこぼしてから「ビオレッタ」と声をかけた。

「嘆くあなたも美しいですが、あまり客人を心配させてはいけませんよ」

訳――いつまでもぐずぐずするんじゃない。文句を言われるのは俺なんだぞ。

（……………なぜかしら。王太子殿下は優しい言葉をかけているはずなのに、どういうわけか辛《しん》辣《らつ》な言葉のように感じたわ。気のせい？　気のせいよね？）

「ごめんなさい、ディアナさん。ぐずっ……もう、大丈夫ですよ！」

目元を手で乱暴にぬぐってビオレッタは立ち上がる。そんな彼女に、ディアナは自分のハンカチを差し出した。

「光の巫女様、どうか、ご無理はなさらないでください。あれほど恐ろしい思いをしたのです。泣いて当然ですわ」

「はぅあっ、まぶしい！　そして良心が痛いっ！」

ビオレッタはかきむしるように胸を押さえ、またエミディオの背後に隠れてしまう。エミディオは「恐怖じゃなくて、単にディアナさんとレアンドロのまぶしさに当てられただけですものね」とにやりと笑い、レアンドロは唖然《あぜん》と固まったままのディアナからハンカチを恭《うやうや》しく受け取って、ビオレッタのもとへ持っていった。

（この状況でも静々と職務を全《まっと》うするレアンドロ様……慣れていらっしゃるのね）

レアンドロの日々の苦労を思い、ディアナは心の中で一筋涙をこぼしたのだった。

「ところで、わが国のメイドは多少の護身術は習っても、気休め程度でしかないんですよ。騎士を相手取れるほどの技を、あなたはいったいどこで覚えたのでしょうねぇ？」

エミディオに探るような視線を向けられたディアナは、それをきれいに無視して足元へと視線を戻した。

「女であっても強くあれ——たしか、そういう教えを持つ国があると聞いたことがある」

「隣国、ヴォワールでございます」

エミディオの斜め後ろ、ビオレッタの隣に控えるレアンドロが口を挟むと、エミディオは「そうだった」とわざとらしく頷《うなず》いた。

「ヴォワールの貴族令嬢も、きっとあなたのように強いのでしょうね？」

「……なんのことをおっしゃっているのか、わかりかねます」

「いや、ただ……女性の身で騎士を沈めたあなたは、ヴォワールの教えを体現しているように思いまして」

表現をぼやかしてはいるが、つまりはこう言いたいのだろう、訳――お前はヴォワールの出身だな？

（耳当たりのいい言葉で本音を隠しつつ情報を引き出すことが社交の基本ですものね。この駆け引き、受けて立ちましょう）

「まぁ。貴族令嬢でありながら自ら戦う術《すべ》を持たなければならないなんて、大変ですわね」

訳――素直に教えるはずがないでしょう。

「ヴォワールは七年前の政変で荒れた国でね。外から見ると落ち着いたように見えるが、火というのは見えないところでくすぶっていることもある。こちらとしても心配なんですよ」

訳――いらぬ火種を持ち込んでくるんじゃねぇ。

「他国の心配までなさるだなんて、アレサンドリ神国の心の広さはまさに神の国ですね」

訳――余計なお世話です。他国の心配をする暇があるなら、自分の国のことをしては？

エミディオが手に持っていたカップをテーブルに戻す。その途端、部屋の空気がすうっと冷えた。ディアナに降りかかるエミディオの威圧感も増した気がして、ディアナは押しつぶされまいと密かに気合を入れる。

「まどろっこしい言い方はやめましょう。あなたが何者なのか、正直に話してもらえませんか？　身の内にあるリスクを正しく把握《はあく》もせずに持っておくほど、私は愚かではないのですよ」

「アレサンドリ神国の王太子殿下がお調べになってもわからなかった秘密です。それだけ秘匿《ひとく》性が高くすなわちリスクが低いということ。ですが、ここでわたくしが真実を話せば、その秘匿性は失われ、リスクはリスクとして殿下の手に転げ落ちるのみでございます」

「私が情報を漏《も》らすと？　見くびられたものだな」

「あなた様が漏らさずとも、城という場所はどこに何が潜んでいるのかわからないものです。過信は災《わざわ》いを生みますわ」

ディアナの忠告とも嫌味ともとれる言葉に、エミディオは口の端を吊り上げて暗く笑った。

「では、やり方を変えようか。そなたが持つ秘密を話せ。さもなくば、息子の安全は保障せぬ」

エミディオの言葉を聞いたディアナは、ずっと崩さなかった礼の姿勢をほどき、背筋を伸ばして凛《りん》と立つと、ソファに座るエミディオを見下ろした。

「では、わたくしは今すぐ、息子を連れてこの城から出ていきましょう。必要であれば、この国からも出ていきます」

淡々としたディアナの宣言を聞いてビオレッタが立ち上がろうとしたが、それをレアンドロが両肩をつかんで押しとどめた。

エミディオは不敵な笑みを浮かべたままディアナをじっと見つめ、口を開く。

「ここから出て行ってどうする？　女にできる仕事など限られている。子供を連れて生きるとなれば、貴族令嬢には到底思いもつかない過酷《かこく》な未来しかないぞ」

エミディオの脅《おど》しのような言葉に、しかしディアナはひるまなかった。それどころか、勝ち誇るような表情を浮かべ、口元を手で隠しながら笑った。

「王太子殿下は男性ですのでご理解いただけないでしょうが、母親というものをみくびってはいけません。この身を差し出してでも、わたくしはあの子を守り抜きますわ。それが、私の母としての覚悟です。それでは殿下、ごきげんよう」

まっすぐに宣言するディアナのあまりの高潔さに、エミディオを含めた全員が言葉を失ってしまう。そんな彼らへ、ディアナは淑女《しゅくじょ》の礼をしてから、さっと背中を向けた。

「そこまでだ！」

声を張り上げながら扉を開き、ベネディクトが部屋へ飛び込んできた。走ってきたのか、ひどく息を切らしたベネディクトは、歩き出そうとしていたディアナを見つけるなり駆け寄り、エミディオから庇《かば》うように背中に隠した。

「エミディオ、余計なことはするんじゃない。彼女が何者であろうと守ると約束しただろう！」

普段のベネディクトからは想像し難い厳しい声でエミディオを問い詰める。するとエミディオは、全身の空気を吐き出すかのような大きなため息をこぼしてソファにもたれかかった。

「分かっていますよ。ちょっとカマをかけてみようと思ったら予想以上の強者《つわもの》で、結局返り討《う》ちにあっただけです」

ふてくされたように言ったエミディオは、跳ねるようにソファから立ち上がり、ディアナのそばへと数歩近寄ると右手を胸に当てて右足を後ろにずらし、頭を下げた。

「ディアナ嬢。このエミディオ、あなたへの非礼をお詫《わ》びいたします」

次期国王があっさりと頭を下げたことが信じられず、ディアナは瞬きを繰り返す。姿勢を正したエミディオはそんな彼女を見て、「あなたのことはエスパルサ院長に任されておりますので、最大限守りますよ」と先ほどよりずっと自然な笑顔で言ったのだった。

「エミディオ様のバカ、バカ、バカ！　ディアナさんを追い出すなんてしちゃダメなんです！　精霊たちが気に入っている人に悪い人はいないって言ったとき、信じてくれたじゃないですかっ……それなのに、それなのにぃ～……」

子供のように泣きじゃくりながら、ビオレッタがエミディオを非難する。ビオレッタはエミディオとディアナの緊迫したやり取りをはらはらしながら見守っていたようで、何事も起こらずほっと安堵《あんど》した途端、涙が止まらなくなったらしい。

「あなたを信じていないわけではないんですよ、ビオレッタ。ですが、私にも王太子としての立場がありますから、簡単にはいそうですかと言えな……あー、もうっ、そこでさらに泣き出さないでくださいってば！」

すべての元凶であるエミディオは、そんなビオレッタを最初こそ適当にあしらっていたが、いつまでたっても泣き止まない彼女を見てさすがに良心が痛んだのだろう、今では必死に慰《なぐさ》めている。

「大丈夫、大丈夫です、ビオレッタ。私はディアナさんを追い出したりしませんから！　アレサンドリ神国の全勢力を注いで彼女を守り抜きましょう！　だから泣き止んでくださいっ」

「ぐずっ……ほ、ほ、ほ、本当にっ、守ってくれますか？」

「守ります」

「……もう、追い出さない？」

「追い出しませんよ。そもそも、最初から追い出すつもりなんてないのですから。何度も言っているでしょう」

眉《まゆ》を下げて笑うエミディオをじぃっと見つめたビオレッタは、「エミディオ様」と名前を呼ぶ。「何ですか？」と答えたエミディオは、今ならどんな願いも聞きますよとばかりにビオレッタを優しく見つめ返した。

「背中貸してください」

（背中!?　抱きしめてくださいとかではなく、ここで背中を望むの!?）

ビオレッタの予期せぬ要望にディアナは唖然《あぜん》としたが、エミディオは慣れたことばかりにさっさと背中を向ける。ビオレッタはすぐさまエミディオの背中にぴったりとくっつき、スンスンと鼻を鳴らしながら頬《ほお》を寄せた。

「……ビオレッタ、私はあなたを信じていなかったわけではありませんからね。それだけはちゃんと理解してくださいよ」

エミディオが背後のビオレッタへ振り向くと、ビオレッタは「いまはこっちを向かないでください」とだけ答えた。あえなく袖《そで》にされたエミディオは、ビオレッタの指示通り前を向いてため息をこぼしていた。

（よくわからないけれど……とりあえず、この場は収まった？）

二人のやり取りを黙って見守っていたディアナが理解できない世界に戸惑っていると、いつの間にか傍にやってきていたレアンドロが「よかったですね」と話しかける。いったい何のことだろうと、ディアナがレアンドロへと顔を向けると、彼は邪念のまったく感じられない真っさらな笑顔とともに、言った。

「これであなたの身の安全は確保されましたよ。さすが、巫女様です」

（まさか……わざと光の巫女様を追い詰めて泣かせた、とか？）

ディアナとエミディオの激しい口論をなだめるために立ち上がりかけたビオレッタを、レアンドロが無理矢理押しとどめていた。エミディオの指示だと思っていたが、どうやらレアンドロが勝手に判断してやったことらしい。

「光の巫女様の涙ながらのお願いを、無下《むげ》にできる人間なんていませんから」

優しい笑顔を浮かべながらとんでもないことを言ってのけるレアンドロを、ディアナはまじまじと見つめる。どれだけ探っても、彼の笑顔からはなんの悪意も感じられなかった。

（え、素？　悪意もなくそんなひどいことをしたのこの人？　やだ怖い。邪念がなさ過ぎて怖い）

邪念がなさすぎるというのもそれはそれで恐ろしいと、ディアナは初めて知った。


二人の世界に入ってしまったビオレッタたちを邪魔するのも忍びなかったので、ディアナとベネディクトは黙ってエミディオの私室を退いた。

部屋を出るなり、ディアナは廊下《ろうか》の隅に固めておいた掃除道具を抱えようとする。すると、横から伸びてきた手が持っていってしまった。ディアナに残ったのは、誘拐犯《ゆうかいはん》を沈めたモップが一本。

掃除道具のほとんどを奪い去った張本人《ちょうほんにん》――ベネディクトは、困ったような笑顔でディアナに謝罪した。

「その……甥《おい》が君に不愉快な思いをさせて、申し訳ない」

「いえ。叔父《おじ》と国を思っての行動だと分かっています。それに……」

「それに？」

「光の巫女様が王太子殿下にとても大切にされているのがよく伝わったので、安心しました」

「安心？」と首を傾《かし》げるベネディクトへ、ディアナは表情をほころばせる。

「なんの関係もないわたくしが、安心なんておかしな話ですね。けれど、少し心配だったのです。王太子妃という立場は、生半可《なまはんか》な覚悟では務まりませんから。それなのに、あのお方は光の巫女という役目も背負っていらっしゃるでしょう？」

「だから、心配だったと？」

「はい。ですが、大丈夫でしょう。あの裏と表を巧みに使い分ける王太子殿下が、光の巫女様の前では駆け引きを忘れて必死になるんですもの。巫女様も王太子殿下には思い切り甘えて……良いご夫婦になるでしょうね」

　ディアナはベネディクトを見ることなく遠くを見つめて話す。それはまるで、誰かを探しているかのようだった。

　ベネディクトはそんなディアナの横顔を焦がれるような目で見つめた。しかし、不意にディアナが振り返ったため、慌てて表情を引き締めた。

「そういえば、お見合いを始めたそうですね。この間、偶然見かけました」

「えっ……」と、ベネディクトは表情をひきつらせた。

「誰かいい方は見つかりましたか、とお訊きしたかったのですが……もしや、見てはいけませんでしたか？」

思いがけない反応にディアナが不安げに見上げると、ベネディクトははっと我に返って「いや」と首を横に振った。

「ちょっと驚いただけだ、気にしないでくれ。それより、見合いね、うん。エミディオの婚約式が終わったあたりから、誰かいい相手を見つけるよう言われてはいたんだ。だが、私があまりにもたもたしていたせいで、しびれを切らした陛下がおぜん立てをしてくださったんだ」

(そういえば、あのとんでもないお触れが出されたのも、婚約式のすぐ後だったわね)

「陛下も、年の離れた弟がかわいいのでしょうね」

「私も、いろいろと迷惑や心配をかけてばかりだったから、陛下の期待に応えたい……とは思っているんだけれど……」

ベネディクトは視線をそらして押し黙った。

「いいお方がいらっしゃらなかったのですか？」

「そうじゃないんだ。皆素敵な女性ばかりだったのだが……その……」

「その？」

「精霊たちが、彼女たちを気に入らないんだよ。私は聖地を守る神官だ。それはすなわち、精霊に仕える神官といっていい。そんな私が、精霊の望まない結婚をしてもいいのだろうか」

ベネディクトは苦し気に表情をゆがめて、手に持つ掃除道具を握りしめた。

ディアナはベネディクトがどれだけ精霊を敬愛しているか知っている。何よりも優先している精霊が望まぬ結婚はしたくないのだろう。けれど、いつまでも兄に心配をかけたくないというのも本音なのだ。

(国王陛下は、自分の不始末を償《つぐな》おうと聖地にひきこもってしまったベネディクト様を、見放すことも責めることもせず待ち続けた優しい人ですものね)

そんな人の期待を裏切りたくないと思う気持ちも十分理解できる。

「思ったのですが、いっそのこと精霊に相手を選んでもらえば？」

ガコンッ、と盛大な音を立ててベネディクトはバケツを落としそうになり、何とかつかみなおして事なきを得た。が、明らかに不審だった。

「あの、ベネディクト様？」

「も、申し訳ない……実は、すでに訊いてみてはいるんだが、はっきりした答えをもらえていなくてね」

「そうなのですね。差し出がましいことを言って申し訳ありませんでした」

ディアナが頭を下げると、ベネディクトはすぐに頭を上げさせた。

(それにしても、どうして精霊たちは嫌がるのかしら。ベネディクト様の前ではうまく猫を被《かぶ》っているけれど、皆性格が悪い……とか？)

ディアナは以前見かけた、令嬢と歩くベネディクトを思い出してみる。

「あ、そういえば……ご令嬢をエスコートされるベネディクト様を見たとき、ずっとニコニコ笑っているなと思ったのです」

「笑っていては、いけませんか？」

困惑するベネディクトへ、ディアナは首を横に振った。

「笑顔で人と接することは素晴らしいことだと思います。ベネディクト様は、メイドたちが集団で取り囲んでも態度を変えない心の広い方です。けれど、結婚するかもしれない相手にまで同じ態度だったもので、少し気になったのです」

ベネディクトはゆっくりと目を見開いた。ディアナはそれに頷《うなず》く。

「結婚とはつまり、これからの人生を共に生きていく人を得ることです。それは新しい家族を作る同志で、運命共同体。ですから、その相手とはできるだけ壁を作らないほうがいいでしょう。……まぁ、貴族では子供をなすという義務だけを共有することもありますが、出来ることなら、王太子殿下と光の巫女様のようにお互いがお互いを支えあうような関係を築くべきです」

ベネディクトが連れてきた相手なら身分は問わないと国王が言ったのも、ベネディクトの欠点を理解しているからこそ、それを受け入れてくれる相手を見つけるべきだと思ったのではないだろうか。

「ここは少し、待ってみてはいかがでしょうか？　国王陛下もきっと、無理に選んだ相手と結婚なんて望んでおりません。誰よりも、あなた様の幸せを願う方ですから」

ディアナはまるでフェリクスに見せるような温かな笑顔で話し、静かに耳を傾けていたベネディクトは、力を抜くように息をついて「そうだね」と答え、二人はどちらからともなく歩を進めだしたのだった。


「ひとつ……訊きたいことがあるんだ」

ベネディクトがそうおずおずと切り出してきたのは、掃除道具の倉庫が遠目に見えたころだった。ディアナはベネディクトへと振り向き、緊張した面持《おもも》ちの彼に「どうぞ」と促す。

「その……フェリクスの、父親は……君にとって、手と手を取り合える相手だったのかい？」

自分の夫について訊かれると思っていなかったディアナは面食らうも、そわそわと落ち着かない様子のベネディクトを見て、ふっと笑みがこぼれた。

「そうですね。わたくしの場合は、生まれる前から結婚が決まっていました。小さなころからあの方の妻になるのだと教えられて、それ以外の道なんて想像もしませんでした」

ディアナはベネディクトから視線を外し、窓から外の景色を見る。この辺りは使用人用の廊《ろう》下《か》であるため、窓から見える景色は庭ではなく隣の棟だ。

「相手のことはっ……その、愛して、いたのかい？」

ベネディクトが強い声を出したのでディアナが振り返ると、目が合った彼はしぼむように声を弱めてしまった。

（最後の方がよく聞き取れなかったのだけど、愛していたのか、と訊いているのよね、たぶん）

「あのお方とわたくしは、それこそ兄妹のように一緒に育ってきたのです。恋に落ちるということはなかったと思います。けれど、わたくしたちの間に愛は存在するのです」

物語で語られるような、燃え上がる恋や甘い恋が生まれなくとも、そこに愛がないわけではない。恋はできなくとも、愛があれば共に生きることはできる。手と手を取り合い、お互いを支え合いながら、長い人生を共に生きる夫婦として。

いつの間にかまた窓の外を見つめているディアナを、ベネディクトはただただ見つめるだけだった。

その日の夜、フェリクスを寝付かせるために本の読み聞かせをしようと、フェリクスのベッドの端に腰掛けたときである。先にベッドに潜って待っていたフェリクスが、本のページをめくるディアナをじぃっと見上げ、言った。

「ねぇ、母様。お仕事中になにかあった？」

視線を本からフェリクスへと移したディアナは、首を傾《かし》げる。

「なんかね、今日はずっとぼおっとしていて、時々ため息をこぼすんだ。なにか嫌なこととか、困ったことがあったのかなって」

ディアナは本を閉じて枕もとの棚《たな》に置くと、不安げに自分を見上げるフェリクスの頭を撫《な》でる。癖《くせ》の強い栗色の髪が、ディアナの指をすり抜けていった。

「ちょっとね、父様のことを思い出したの」

「父様を？」

ディアナは笑みを深めて頷《うなず》くと、父親について話し出した。

責任感が強く、自分の役目を正しく理解して全《まっと》うしていたこと。周りには完璧《かんぺき》だと思われていたが力を抜くということができない人で、体調を崩してはディアナが介抱していたこと。仕事はできるのに自分のことには無頓着《むとんちゃく》で、彼の身の回りのことはたいていディアナが決めていたこと。ただひたすら優しくて、小さなころからディアナを大切に守ってくれていたこと。

目を閉じればすぐに思い出せる。癖が強いはちみつ色の髪、明るいエメラルドグリーンの瞳。笑うと目尻にしわが寄って、頬《ほお》にえくぼが浮かぶのだ。

（記憶の中のあなた様は、ずっとずっと変わらないのね）

「あのお方と離れ離れになったときは絶望したけれど、あなたを授かっていると知ったの。それがわたくしにとって何よりの救いだった。わたくしがいまこうやって生きているのは、あなたのおかげなのよ、フェリクス。母様のもとへ来てくれて、本当にありがとう」

ディアナはフェリクスの額にキスを落とす。フェリクスはくすぐったそうに肩をすくませた。

「……ベネディクト様にも、早くいい人が見つかればいいのだけれど」

ついぽろりとベネディクトについてこぼすと、それを聞いたフェリクスが「そういえば」と口にする。

「最近、おじさんと一緒にいるときに視線を感じるんだ」

「それは、ベネディクト様を見つめる視線ではないかしら？」

ベネディクトは常にメイドたちの注目を集めている。ディアナが彼と一緒にいてメイドの視線を感じることなど日常茶飯事《さはんじ》だ。しかし、フェリクスは納得していないのか、口をへの字にして首を傾《かし》げた。

「なんだか、嫌な感じがしたんだ」

「嫌な感じ……」

ディアナの頭の中で、最悪の可能性がよぎる。思わず動揺《どうよう》してしまいそうになったが、心に活《かつ》を入れて笑顔を保った。

「そう、わかったわ。もう少し様子を見て、その視線が続くようならベネディクト様に相談してみましょう」

「そっか、そうだね。おじさんなら、きっとぼくたちを守ってくれるよ！」

ベネディクトに絶対の信頼を寄せて笑うフェリクスの頭をもう一度撫でて、ディアナは今日の読み聞かせを始めたのだった。

フェリクスから不審な視線の話を聞いてから数日。あの夜、胸に沸き起こった予感はディアナの中で確信に変わった。

仕事中に、ディアナの私物が荒らされたのだ。出勤したメイドが着替えたり持ち物を保管しておくために一人ひとつずつ支給される棚《たな》に、誰かが勝手に触ったようだ。

特に中身がぶちまけられたり、棚の中をひっかきまわされたということもない。なくなったものもなく、最後にディアナがここを離れたときと変わらぬ状態に見える。

しかし、几帳面《きちょうめん》な性格のディアナにはわかる。たたんであった私服は変わらず置いてあるが、たたみ方が雑でわずかなたわみが残っていた。奥に並べて立ててあった本は、端の一冊が、ほんのわずかに斜めになっている。

(普通の人であれば気づきもしない小さな変化なのでしょうけれど。あいにく、潔癖《けっぺき》と言われるほど几帳面なの)

ディアナからすれば、触ったと教えているようなものである。ディアナは仕事が終わるなり早足でフェリクスを迎えに行き、寄り道することなく寮の部屋へ戻った。

自分たちの家へ戻ってきたディアナは、フェリクスを食卓に座らせて居間で人が隠れられそうな場所をすべて見て回った。それが終わると今度は寝室と物置を調べ、家の中に侵入者がいないことを確かめてから、椅子《いす》に腰掛けておとなしく待っていたフェリクスのもとへ戻る。

ディアナはフェリクスのすぐ前に膝をつき、不安げな彼と視線を同じにした。

「フェリクス。母様があなたに預けたもの、ちゃんと肌身離さず持っているかしら？」

ディアナが声を絞《しぼ》って話しかけると、フェリクスは首の動きだけで肯定して見せ、服の下に隠して首から提げていた小袋を取り出した。フェリクスの丸さの残る幼い手と同じくらいの大きさの、古ぼけた革製の袋だった。

フェリクスから小袋を受け取ったディアナは、袋の口を開いて中身を取り出す。袋からディアナの手のひらへ転がり落ちたのは、青緑色の大きなオーバル型の宝石のついた指輪で、宝石の周りをダイヤとパールで取り囲んでいる。男性用の太い指輪で、輪の部分にもぐるりとダイヤがちりばめてあり、城勤めのメイドが手に入れられるような代物《しろもの》ではなかった。

指輪の無事を確認したディアナはほっと胸を撫でおろし、元の袋に片付ける。袋の口をしっかりと閉じてからフェリクスの手に持たせ、袋ごとその手を両手で握りしめた。

「いい？　フェリクス。この袋は、絶対誰にも見せてはだめよ。こんなものを持っていることを話すのもだめ。それからこれはとても大事なことだけれど、これからは、決して一人にならないこと。ベネディクト様にも、しばらく会わないで」

「どうして？　おじさんはいい人だよ？」

「ベネディクト様はわたくしたちの味方だけれど、待ち合わせ場所に行く間、あなたは一人になるでしょう？　だから、しばらくは学校で本を読んでいて。ベネディクト様に借りた本はわたくしが返しておくわ」

「……おじさんと、また会える？」

ディアナの手をぎゅっと握り返し、瞳一杯に涙を溜めて震える声でフェリクスは言う。ディアナはその痛々しい様子に胸が締め付けられ、少しでも安心させようと精一杯優しい笑みを浮かべた。

「危険がなくなったら、またすぐに会えるわ。ベネディクト様にはわたくしから伝えておくから、安心しなさい」

フェリクスは黙って頷《うなず》き、その拍子にこぼれた涙をディアナが指先でぬぐってから抱きしめる。

決して誰にも、傷つけさせやしないと心に誓いながら。


明くる日、ディアナはフェリクスから預かった本を携《たずさ》えてベネディクトと待ち合わせているという東屋《あずまや》へと向かった。

バラ園を取り囲む生《い》け垣《がき》をくぐると、中央の東屋にはすでにベネディクトが来ていた。彼はフェリクスではなくディアナが現れたことに驚き、そのあと何かあったのだろうかと眉《まゆ》をわずかにひそめた。

「こんにちは、ディアナさん。フェリクスに何かあったのですか？」

「ベネディクト様、いつもフェリクスがお世話になっております。ちょっと……風邪《かぜ》をひいてしまいまして。最近は風が冷たくなってきましたから、身体《からだ》が冷えたのかもしれませんわ」

ディアナはフェリクスから預かっていた本をベネディクトへ返した。受け取ったベネディクトは、あたりのバラへと視線を伸ばす。

「確かに、ここのバラも散り始めている。もう秋も終わるんだね」

ベネディクトに倣《なら》って、ディアナも周りのバラを見る。ちらほらと、地面に茶色く濁《にご》った花びらが散らばっていた。

「秋が終われば、冬がやってきます。毎日は降りませんが、このバラ園が白く染まる程度には雪も降ることでしょう」

「まだまだ小さいあの子に雪の中を歩かせるのは忍びないね。私の部屋で会おうか」

ベネディクトの提案に、ディアナは首を横に振った。

「あの子は使用人の子供。城内に入る資格はありません。たかだか本を借りるという理由だけで例外を作っては周りに示しがつきませんので、暖かくなるまでここに来るのは控えさせようかと思うのです」

「春まで……私はあの子に会えないのか?」

「申し訳ございません。ですが、きちんとけじめをつけさせなければ、あの子の教育にもよろしくありませんでしょう。会えない間、わたくしが二人の間を橋渡しいたします。フェリクスに、手紙を届けると約束したのです」

「手紙、か。では私からは、これからも本を贈ろう。渡してくれるかい?」

ベネディクトはそう言って、新しく持ってきた本をディアナに差し出した。ディアナは「喜んで」と微笑《ほほえ》みながらその本を受け取ったのだった。


フェリクスに外出を控えさせてから幾日、冬の到来を濡れた指先に実感するようになったころ、ディアナはフェリクスが話していた『嫌な視線を』感じるようになった。

最初はベネディクトがらみの視線だと思っていた。だが、それにしては強い悪意のようなものではなく、一日に一度、数分だけ感じる視線は、頭の天辺《てっぺん》から足の先まで、全身をなめるような粘着質なものだった。

(あれから七年……とうとう居場所が知れてしまったのかもしれない。そうであれば、一刻も早くフェリクスを連れて逃げないと……)

自分が突然いなくなったら、きっといろんな人に迷惑をかけるだろう。代わりの利《き》く仕事とはいえ、皆それぞれ自分の仕事を持っているのだ。そこにディアナの仕事が加わるのだから、負担にならないわけがない。

（あぁ、けれど――）

ディアナは手を止めてあたりを見渡す。

（このベネディクト様の部屋は、いったい誰が掃除するのかしら）

いくらベネディクトが自分で掃除できるとはいえ、調度品《ちょうどひん》の管理はディアナに一任されている。ディアナが丁寧《ていねい》に手入れしてせっかく輝きを取り戻した調度品たちだが、彼女がいなくなればすぐに埃《ほこり》を被《かぶ》ってその美しさを曇らせてしまうだろう。

「ベネディクト様、もし……わたくしがいなくなったら、この部屋の調度品は誰が管理するのでしょう？」

（せめて、誰かに引き継げないかしら。メイドが嫌なら、妻となる相手とか……）

そんなことを考えていたからディアナは気づかなかった。

自分が失言してしまったことに。

ベネディクトは椅子《いす》を倒さんばかりの勢いで立ち上がる。椅子が床にぶつかる大きな音に驚いたディアナは、ベネディクトへと振り向いた。

「ディアナさん、君がいなくなるって……何かあったのかい？」

そう問いかけるベネディクトの鬼気迫るような表情を見て、ディアナは初めて、自分が失敗したことに気づいた。

「もっ、申し訳ございません、ただの戯言《ざれごと》ですわ。何とはなしに気になったから口にしただけで、深い意味などありません。ご安心ください」

ディアナは頭を深々と下げてベネディクトへ謝罪すると、手早く掃除を終わらせる。

「なんだか少し、疲れがたまっているようです。今日はもうおいとまさせていただきますわ」

ディアナはベネディクトの返事も待たずに膝を折って退室の礼をし、そのまま背を向けて扉へと歩き出した。

「待って！」

強い声とともに、ベネディクトがディアナの腕をつかんだ。

ディアナは何とかこの場を切り抜けようと、ベネディクトへと向き直る。ディアナの腕をつかむベネディクトは、戸惑いながらもまっすぐにディアナを見つめていた。

「ディアナさん、実は――」

「ベネディクト様ああああぁぁっ！」

なんとも気の抜ける叫び声とともに、廊下《ろうか》へと続く扉がけたたましい音を立てて開く。ディアナとベネディクトが反射的に振り向けば、そこには涙で頬《ほお》を濡らすビオレッタの姿があった。

いつもニコニコ笑顔でディアナの心を和《なご》ませてくれる彼女が、今や目元が腫《は》れ上がるほど涙を流し、鼻も真っ赤になって息苦しそうだ。いったい何があったというのか。

「いばっ、今から聖地にひきこぼるのでエミディオ様を入れないでください！」

鼻水で鼻が詰まっているらしい、いまいち聞き取りにくいこもった声でそう懇願《こんがん》したビオレッタは、ベネディクトの返事も聞かずに扉の向こうへ消えてしまった。開け放たれた時と同じような大きな音が、普段は物静かなベネディクトの部屋に何度も反響する。

「……って、え!?　ちょっ、巫女様!?」

遅ればせながら状況を理解したベネディクトが、ビオレッタを追いかけようと扉へ向かう。しかし、数歩進んだところでディアナへと振り向いた。

「ディアナさん。私は今から巫女様の様子を見てくる。君はここで待っているように」

有無を言わせぬ迫力でそう言い残し、ベネディクトはビオレッタを追いかけて部屋を出ていった。

ベネディクトにはああ言われたが、ディアナはこのまま帰ってしまおうかと考えた。

（もともと帰ろうとしていたところだったし、ベネディクト様がいない今がチャンスよね……）

しかし、ディアナはその場から動くことができない。

ビオレッタのあの泣き顔が、頭に浮かんで離れないのだ。いったい何があったのか知りたかった。

（王太子殿下め……今度はいったい何をして光の巫女様を泣かせたのかしら）

エミディオに会いたくないということは、彼が涙の原因なのだろう。ディアナはふつふつと怒りが湧き上がるのを感じた。このまま詳しい事情を知らずに帰ってしまっては、自分は無関係だと分かりながらも、我慢できずにエミディオに何かしらの報復行動をこっそり起こしてしまいそうだ。

ディアナはその場から一歩も動かず、両手を腹のあたりでぎゅっと握りしめながらベネディクトの帰りを待った。

思ったよりもずっと早く戻ってきたベネディクトは、疲れた表情をしていた。

「あの……光の巫女様は大丈夫でしょうか？」

ベネディクトのあまりの表情の暗さに、ディアナが不安げにそう声をかけると、顔を上げた彼は眉《まゆ》を下げて笑った。

「聖地には精霊がたくさんいるから、彼らに任せておけば大丈夫だろう」

「何があったのか、お伺《うかが》いしても？」

「それが、私にも何もわからないんだよ。巫女様は精霊に埋もれて泣くばかりで、私の声など届きそうにない。ここは、待つとしよう」

「待つ……とは、いったい何を？」

首を傾《かし》げるディアナへ、ベネディクトはにんまりといたずらっぽい表情を浮かべ、言った。

「エミディオだよ」

「叔父上《おじうえ》！」

目的の人物は、ほとんど待つこともなくすぐにやってきた。

ベネディクトとよく似た容姿を持つエミディオは、ベネディクトにはない鋭い空気を全面に放ちながら扉の前に立っていた。その背後では、レアンドロが静かに待機している。

「やあ、エミディオ。待っていたよ」

「待っていたよじゃありません！　私が来ると分かっていたのなら、どうして聖地の立ち入りを禁止したりするのです？　聖地にビオレッタがいるのでしょう。すぐに入る許可を！」

窓際のテーブルでディアナが淹《い》れたお茶を飲むベネディクトへ、エミディオは扉の前から声を張り上げる。部屋の奥へ入る時間すら惜しい、ということなのだろう。

苛立《いらだ》つエミディオとは反対に、ベネディクトはゆったりと持っていたカップをテーブルへ戻した。

「それなんだけどねぇ、実は、光の巫女様に涙ながらにお願いされたんだよ。聖地にひきこもるから、エミディオを立ち入らせないように――と」

ビオレッタの頼みだと聞き、エミディオはショックを受けてはいたが、しかし驚いてはいないようだった。

つまりは、ビオレッタに拒絶されても仕方がないことをした自覚がある、ということなのだろう。

（この男……どうしてくれようか）

ディアナが不穏なことを顔には出さずに考えていると、ベネディクトが「ディアナさん、どうどう」と、二人だけに聞こえる小さな声で言った。

「聖地の精霊たちは光の巫女様の味方だから、いま行ったところで精霊が会わせてくれないだろう。ねぇ、エミディオ。何があったのか話してくれるかい？」

ビオレッタがどれだけ精霊に愛されているのか、時折言葉を交わすだけのディアナでもよくわかるのだ。ずっと一緒にいるエミディオには身にしみてわかるのだろう。彼は長い長いため息とともにがっくりとうなだれると、普段の王子様然とした優雅な姿からは想像もできない、しょぼくれた様子で部屋の奥へと歩き、ベネディクトの向かいの席に腰掛けた。

ディアナはすぐにエミディオの分のお茶を用意し、斜め後ろで控えるレアンドロへは直接カップを手渡した。

「ディアナさんが淹れたお茶は、同じ茶葉とは思えないくらいおいしいね。そう思わないかい？」

お茶を口に含んだベネディクトが、上機嫌に語る。エミディオもお茶を一口飲み、ぴしりと身を強張《こわば》らせた。

「こ、これは……ものすごい勢いで口全体に広がった甘さが、濃厚なミルクによっていつまでも口の中に居座っている。けれど茶葉本来の香りは損《そこ》なわず、最後の最後で口内に渋みが現れて、後味は思いの外《ほか》軽い」

エミディオは初めて口にするお茶――ディアナスペシャルの味を的確に表現しながら飲み続ける。

（文句なのか賛辞なのか分からないことを言いながら、飲み干してしまったわ。ベネディクト様といい、王太子殿下といい、アレサンドリ王家は甘党ばかりなのかしら）

「ありがとうございます。少し、頭が冷静になりました。少々長い話になりますが、何があったのか説明させてもらっても？」

「どれだけ長かろうと、最後まで聞くから安心するといい」

ベネディクトがお茶を飲みながら肩をすくませて先を促す。エミディオはまたひとつ細く長い息を吐いてから、説明を始めた。

「少し前に、地方領主が登城していたでしょう。彼の妻も同行していまして、王都について間もなく、彼女の妊娠《にんしん》が分かりました」

話題に上がっている地方領主とは、以前、アンナがベネディクトにバケツの水をかけるきっかけとなった際の、客人のことである。そこは王都からは離れているが国境に面する大切な要所であるため、王家との繋《つな》がりが深い侯爵家の令嬢が嫁《とつ》いだと聞いている。

「おめでたいことじゃないか。確か彼女、巫女様が現れるまで、エミディオの婚約者として最有力候補だったよね」

ベネディクトの説明で、ディアナは大体の事情が見えてしまった。

（なるほど、そうか……敵は王太子殿下だけではないのね）

ディアナが不穏な考えを巡らせていると、ふいに目が合ったレアンドロがにっこりと、明るいはずなのになぜか背筋が寒くなる笑みを浮かべた。

訳――大丈夫ですよ。巫女様の涙分、報復します。

ディアナはエミディオとは違う黒さをはらんだレアンドロの笑みを真正面から受け止め、たおやかに微笑《ほほえ》み返した。

訳――相手は妊婦です。やりすぎてお腹の子供に何かあれば、ただでは済ましませんよ。

ディアナとレアンドロの無音のやり取りの背後で、エミディオがことの詳細を話していく。

「妊婦に長旅はさせられないと、彼女は王都にある生家でしばらく過ごすことになったのです。彼女は私の母の――つまりは王妃の姪御《めいご》ですので、体調がいい日などは母親とともに城へやってくるのです。そこで、ビオレッタと遭遇《そうぐう》したみたいで……」

「お言葉ですが」と、ずっと黙っていたレアンドロが二人の話に割って入った。

「領主夫人はずっと巫女様を追いかけまわしておりました。巫女様の前に現れては、何かしら嫌味をおっしゃるのです。元・婚約者からのアドバイスだとのたまって、ね」

レアンドロはぎろりと斜め前のエミディオをねめつけた。どうやら彼の報復はすでに始まっているらしい。あのエミディオが表情をひきつらせ押し黙っている。

「元・婚約者？　彼女はあくまで、候補でしかなかったはずだよ」

ベネディクトが不思議そうに首を傾《かし》げた。

（ベネディクト様、かわいい甥《おい》っ子の首を絞《し》めてますわよ。見てください、王太子殿下のあの顔。まるで浮気がばれたどこぞの亭主みたいだわ）

視線を泳がせたまま何も言い出せないでいるエミディオに代わり、きらきらとまぶしい笑顔のレアンドロが丁寧《ていねい》に説明しだした。

「地方領主夫人は、確かに候補でございました。ですが、不特定多数の女性に囲まれることを嫌ったエミディオ殿下が、当時有力候補だった彼女を隠れ蓑《みの》にしたのです。パートナーが必要な公務では彼女を必ず連れ歩き、周りで様々な憶測が流れてもあえて否定しませんでした。ですよね？　殿下」

エミディオはうんともすんとも答えなかった。答えられなかった、といったほうが正しいだろう。つまりは、レアンドロの言っていることは正しいということだ。

「……ベネディクト様、発言してもよろしいでしょうか？」

エミディオではなく、あえてベネディクトから許可をもらったディアナは、相手を凍り付かせそうな冷たいまなざしでエミディオを見つめた。

「エミディオ殿下。あなた様は確かに王子として優秀ですが、男性としては最低でございます。不特定多数に囲まれることを嫌う気持ちは分かります。それを軽減するために誰かを利用することもまぁよろしいでしょう。相手の令嬢が勘違いして自滅しようがどうでもいいのです。けれども、それによって光の巫女様が傷つけられるのは許しません！」

まさかそういう方向に話を持っていくとは思っていなかったのだろう。エミディオとレアンドロはディアナをいぶかし気に見つめた。ただ一人、ベネディクトだけは、ディアナのビオレッタ愛を正しく理解しているため平然としていた。

「あなた様は、ビオレッタ様を愛していらっしゃるのでしょう。であれば、悪感情を持つ女性が近づかないよう、全力で守るべきだったのです。元・婚約者であろうとなかろうと関係ありません。あなた様の婚約者は光の巫女様です。それ以外の事実など、必要ありませんわ」

ほれぼれするほどきっぱりと言い切ったディアナを、エミディオはただ呆然《ぼうぜん》と見つめ、レアンドロに至っては拍手を送った。

「ねぇ、エミディオ。普段の君ならほかの女性よりも巫女様を優先させるはずだ。いったい何が起こって、巫女様をあれほどまでに傷つけたんだい？」

どう説明するべきかとエミディオが考え込むと、斜め後ろに控えるレアンドロが「それに関しては、私が説明したほうがいいと思います」と引き継いだ。

「領主夫人が巫女様に付きまとっていたと話しましたね。どれだけ理不尽なことを言われようとも、巫女様はいつも聞き流していたのです」

（光の巫女様は穏やかな性格ですものね。争うくらいなら耐え忍ぶ、なんていじらしいの）

ディアナはハンカチで涙を拭くフリをしながら何度も頷《うなず》いた。

「どれだけ揺さぶりをかけても平静を保つ巫女様に、地方領主夫人のほうがしびれを切らし、とうとうつかみかかってしまったのです。巫女様はそれでも何とか穏便にことを済ませようとして、ですが相手側が引き下がらず、結果お互いにお互いを突き飛ばしてしりもちをつく、という状況に」

「……そこへ、私が通りかかったのです。先ほども話しましたが、地方領主夫人は現在妊娠中です。妊婦がしりもちをつくなどと、お腹の子供に大事があってはいけないと、私は夫人のもとへ駆けよりました」

「結果、妊娠の事実を知らない巫女様は深く傷つき、泣きながらその場を去ってしまったというわけです」

ことの顚末《てんまつ》を聞いたベネディクトは、何か言おうにもいい言葉が思い浮かばず苦々しい表情でうなった。

一方のディアナは、心底あきれたという心を隠すことなく表情に乗せて言った。

「なんと間の悪い。さすが血縁者ですね。ベネディクト様に勝るとも劣らぬ間の悪さです」

ベネディクトとエミディオが顔を見合わせるその背後で、とうとうレアンドロが噴き出した。

笑われたエミディオは眉《まゆ》を顰《ひそ》めてレアンドロを振り返ったものの、結局何も言わなかった。

「とりあえず、事情は分かりました。話を聞く限り王太子殿下に悪気も二心もなく、ひたすら間は悪いですが同情の余地もあります。ここは、光の巫女様のもとへ御自ら赴《おもむ》いて、誠心誠意、謝罪と説明を行うべきでしょう」

ディアナはベネディクトへと向き直る。

「ベネディクト様、わたくしからもお願いいたします。王太子殿下が聖地へ入る許可を。光の巫女様を笑顔に出来るのは、他ならぬ殿下だけですわ」

エミディオのために、ひいてはビオレッタのために嘆願《たんがん》するディアナを、ベネディクトは目を細めて見つめたあと、エミディオへと視線を移した。

「エミディオ。君が聖地に入る許可を下そう。たとえ聖地に入れたとしても、精霊が君を巫女様に会わせようとしないかもしれない。その辺りは、自分の力で何とかするように。あと、巫女様の誤解もきちんと解いて、彼女を聖地から引っ張りだすんだよ」

「ありがとうございます、叔父上《おじうえ》！」

エミディオは勢いよく立ち上がり、ベネディクトに深々と頭を下げた。

「レアンドロ。衛兵には君から話すように」

「分かりました。それでは殿下、行きましょう」

「あぁ、行こう。ディアナさん、君にも世話になった」

「ご武運をお祈りいたしております」

ディアナの皮肉めいた言葉にエミディオは苦笑を返し、廊下《ろうか》へと消えていった。

パタンと、本来の音を立てて閉じた扉を、ベネディクトとディアナはしばし見つめた。

「手間をかけて申し訳ない。あの子のために頭を下げてくれてありがとう」

「いいえ。わたくしはただ、光の巫女様に笑っていてほしいだけですわ。光の巫女様が心穏やかに暮らしてくださることが、わたくしの願いなのです」

「大丈夫、叶うよ。私の自慢の甥っ子が、巫女様を誰よりも幸せにするさ」

ディアナは「叔父バカですね」と笑い、ベネディクトも一緒に笑った。

ディアナがいなくなるという話は、どちらも蒸し返すことはなかった。


それからしばらく、ディアナは何事も起きていないかのようにふるまいながら数日様子を見てみたものの、一日一度、数分間の視線はなくならなかった。

最悪の事態を考えて、ディアナはいつでも逃げられるよう準備をすることにした。フェリクスが深く眠ったころを見計らってベッドから抜け出し、最低限の荷物を袋に詰め込む。

いただいていた給金は極力無駄遣いを避けてため込んでいたため、しばらく身を隠すくらいはできるだろう。遠くの町へ移動するより、人が多い城下町に潜り込んでほとぼりが冷めるのを待つほうが得策かもしれない。

今後の対応策を考えながら作業をしていたため、ディアナは気づかなかった。

ベッドの中のフェリクスが、じっとディアナの背中を見つめていたことに。

ベネディクトはひとり、裏庭のバラ園に来ていた。フェリクスが来なくなってからも、ベネディクトがこのバラ園を訪れる習慣は変わらず、中央の東屋《あずまや》に腰掛けて少しずつ色をなくしていくバラたちを見守った。

最後にフェリクスと会ったころはまだその色を保っていたバラはすべて散り、地面に積もっていた花びらさえも片付けられてしまった。もう少し冬が深まれば葉っぱさえもこぼれおち、庭師たちが剪定《せんてい》を始めることだろう。

フェリクスに会えるのは、バラ園が色を取り戻したころだろうか。

「おじさん！」

諦めきれず待ち続けていた呼び声がかかり、ベネディクトはすぐさま視線を巡らせる。バラ園の入り口に、息を切らしたフェリクスが立っていた。

会えないと分かりながらもここへ通うことをやめられなかったベネディクトは、久しぶりに現れたフェリクスへと駆け寄り、服が汚れるのもいとわずに地面に膝をついて抱きしめた。

「フェリクス、久しぶりだね。体調は大丈夫なのかい？」

「体調？」と訊き返すフェリクスを見てディアナの嘘を察したベネディクトは、「最近、肌寒くなったからね」とごまかし、東屋《あずまや》まで移動した。

「それにしても、今日はどうしたんだい？　ディアナさんからは、暖かくなるまではここに来ないと聞いていたけれど」

「あぁ……うん。そう、なんだけど……」

フェリクスはうつむいて服の胸元を握りしめる。答えあぐねている様子から、ディアナには内緒でここへやってきたのだろう。

「ディアナさんに、何かあったのかい？」

フェリクスは勢いよく顔を上げた。驚きに目を見開いて、明るいエメラルドグリーンの瞳がベネディクトをとらえる。

「おじさんは、母様のこと……信じてる？」

フェリクスの問いに、今度はベネディクトが驚く番だった。ひたむきな視線を向ける若葉色の瞳は、どうやらベネディクトという人物を見極めようとしていたらしい。

ここでベネディクトが対応を間違えれば、フェリクスはベネディクトから遠ざかるだろう。

フェリクスは幼いが賢い。そして子供ゆえに大人の身勝手な嘘は見抜いてしまう。下手《へた》な小細工《こざいく》などするだけ無駄だと判断したベネディクトは、素直に心をさらすことにした。

「私は、ディアナさんを信じているよ。だからこそ、彼女の力になりたいと思っている。でもね、そのためには知らなきゃならないんだ。君たちが抱える事情を理解しなければ、守りたくても守れないいんだよ」

彼女を守りたい、力になりたいと思うのに、ディアナはベネディクトを頼ってはくれない。それどころか、手を伸ばせば伸ばすほど彼女は離れて行ってしまうだろう。分かっているからこそ何も聞けず、そんな自分が情けなくて歯がゆい。

身動きが取れず思い悩むベネディクトをじっと観察していたフェリクスは、服の下に隠して首にかけていた『何か』を差し出した。

「これ、母様から預かっていたものなんだ。絶対誰にも見せちゃダメって言われていたけれど、おじさんなら、信じても大丈夫。お願い、母様を助けて」

フェリクスの小さな手に握られていたのは、古ぼけた小袋だった。蓋《ふた》を閉じる紐《ひも》を伸ばして首にかけていたようだ。

ベネディクトは小袋を受け取り、予想よりもずっしりと重いその袋の紐をほどいたところで、もう一度フェリクスへと視線を送る。フェリクスはディアナにそっくりな凜々《りり》しいまなざしでベネディクトを見つめ、彼の迷いを払うように力強く頷《うなず》いた。

ベネディクトはフェリクスに頷き返し、袋の中身を取り出す。手のひらにコロンと転がり落ちた指輪を見て、ベネディクトは驚きのあまり呼吸すら忘れた。

「そん、な……こんな、ことが……」

ベネディクトは指輪をつかんでよくよく観察すると、中心となる緑の宝石に剣と盾をモチーフにした紋章が浮かんでいるのを見つけた。実物を見るのは初めてだが、この指輪の意味は知っていた。これが本物なのかベネディクトには判定できないし、これがもし本物なら、しかるべき機関に確認させようとした時点でディアナに危害が加わるだろう。

ベネディクトは指輪から視線を外し、あたりを見渡す。いつの間にか、バラ園を自由に漂っていた精霊たちが集まり、不安げな表情でベネディクトを見つめていた。

「あぁ……」

ベネディクトは苦悶《くもん》の表情を浮かべ、指輪を握りしめて額に寄せた。

今なら分かる。彼女がビオレッタの幸せを強く願う意味も、命に代えてもフェリクスを守り抜こうとする気持ちも、そして、ベネディクトの手を取ろうとしないその高潔さも。

守ってと願う、精霊たちの心も。

「絶対、守るよ。君も、ディアナさんも。私が絶対に守る。だから、これはしばらく預けてほしい」

手を下ろしたベネディクトは、指輪を小袋へ戻しながら問いかける。ディアナから預かっていたものを一時的にとはいえ手放すことにフェリクスは戸惑いを見せたが、ベネディクトの真《しん》摯《し》なまなざしを受け、首を縦に振ったのだった。


兵士の姿をやたらと見るようになったとディアナが気づいたのは、数日前のことだった。他国の要人でもやってきたのだろうかと思っていたが、昨夜、寮の前で待機する兵士の姿を見つけたことで、自分に張り付いているのだと気づいた。

とうとうエミディオが自分の正体に気づいてしまったのかと思ったが、そうであればすぐに拘《こう》束《そく》するはずである。エミディオでないなら、あとは一人しか残っていない。兵士を動かすだけの力を持っていて、かつ、ディアナを拘束せず見張るにとどめる人物。

「ベネディクト様。なぜわたくしの周りに兵士をうろつかせるのですか？」

掃除の名目でベネディクトの部屋を訪れたディアナは、開口一番に問いただした。出迎えたベネディクトは、潔《いさぎよ》いディアナに面食らったものの、すぐに平静に戻ってディアナを窓際のテーブルへと案内した。

「……実は、少し前に、フェリクスがバラ園へやってきたんだ。荷物をまとめていたそうだね。追手から逃げるのかい？」

まさかフェリクスに知られていたとは思わず、ディアナは目を見開く。事情を話すわけにもいかず答えあぐねていると、ベネディクトは真剣な表情でディアナを見据えた。

「君がフェリクスに預けたもの。見せてもらったよ」

ディアナは息をつめてベネディクトを凝視する。心臓が締め付けられるように痛み、指先から血の気が引いて冷たくなった手を握りしめた。

「あれが、何なのか……ご存じなのですか？」

「実物を見たのは初めてだが、文献などで読んで知っている。やはり、本物なんだね」

ディアナは椅子《いす》を蹴倒《けたお》す勢いで立ち上がり、扉へと走る。それを、ベネディクトが腕をつかんで止めた。

「離してください！　わたくしたちの正体を知ったのならば、わたくしたちを拘束するのでしょう？　ここで捕まるわけにはいかないのです」

「捕まえたりなどしないっ、信じてくれ！　私は、君たちを守りたいんだ！」

「守、る？」

ベネディクトがいったい何を言っているのかわからない。言葉だけなら理解はできる。だが、その意味が分からないのだ。

（どうして、ベネディクト様がわたくしたちを守ろうとするの？）

王族にはすでに守るべきものが存在する。ディアナたち親子は、その守るべきものに危険を及ぼすかもしれない不安要素だというのに。

ディアナの困惑が伝わったのだろう。ベネディクトは表情を曇らせた。

「私は、君の力になりたいんだ。君たちを受け入れることが、どれだけの危険性をはらんでいるのか理解している。それでも、私には君たちを捕まえることも見放すこともできない。守りたいんだよ、君を」

ディアナは何も言えなかった。ただ、揺れる瞳でベネディクトを見つめるだけ。

だって、まさか、自分の正体を知ったベネディクトがこんなことを言い出すなんて、思いもしなかったのだ。自分がどれだけ危険な存在かきちんと理解しているからこそ、王族であるベネディクトはディアナを見捨てるだろうと思っていた。

（それがまさか、守るだなんて）

ベネディクトの言葉に嘘はない。ディアナの頭ではなく、心がそう判断した途端、身体《からだ》に力が入らなくなる。ふらつく彼女を、ベネディクトがその胸に受け止めた。声も出せず黙って震えるディアナを、ベネディクトは両腕で包み込む。

「ディアナ……」

耳元で紡《つむ》がれる気づかわしげな声が——

『ディアナ』

——記憶の中の声と、重なった。

夢から覚めるように我に返ったディアナは、力任せにベネディクトを突き飛ばした。拒絶されると思っていなかったのか、押しのけられたベネディクトは困惑した表情でディアナを見つめていた。

「ごめっ、ごめんなさいっ……あなたの手を、取ることはできない！」

頭を振りながら震える声で言い、ディアナはベネディクトに背を向けて部屋を出ていった。

ベネディクトの部屋を辞したディアナは、仕事に戻らずその足でフェリクスを迎えに行った。ベネディクトに秘密を知られてしまった以上、もうここにはいられない。ディアナはフェリクスを連れて城下町で買い物をする態《てい》を装いつつ城を抜け出し、身を隠そうと決めた。

「フェリクスが……いない？」

昼過ぎからフェリクスの姿が見えない。そう、預かり所の担当者から聞いたとき、ディアナは一瞬、目の前が真っ暗になった。

「最近は本を読んだりして室内で過ごしていましたけど、少し前までこの時間は一人で外へ遊びに行っていたんです。たぶん、今日も中庭のどこかにいるんだと思います。お母さんとの約束を忘れるなんて、珍しいこともあるものですね」

担当者の話が、ディアナの耳の中をすべっていくかのようにまるで頭に入ってこない。それでもディアナは、担当者に不審に思われないよう平静を装い、約束をすっぽかされた母親のフリをしつつその場を後にした。

ディアナはまず、自分たちの家に戻った。もしかしたらフェリクスがいるかもしれないからだ。しかし、たった二つしかない部屋のどこを探してもフェリクスの姿は見つけられない。それならばと、今度は裏庭のバラ園を目指した。フェリクスはベネディクトに会うため、ディアナとの約束を破ってバラ園を訪れていた。もしかしたらベネディクトに何か相談したくてまたバラ園へ向かったのかもしれない。

しかし、ディアナの予想は外れ、バラ園にはフェリクスどころかベネディクトの姿すらなかった。よくよく考えれば、ベネディクトが散歩をする時間は昼過ぎだ。空が黄色く色づき始めたこの時間にバラ園へ向かったところで彼に会えるはずがない。フェリクスだって、それくらいわかっているだろう。

ディアナの頭に嫌な考えが浮かんでくる。それを振り払うように、ディアナは裏庭や中庭を走り回ってフェリクスの姿を探した。

けれど、どれだけ探してもフェリクスは見つからず、陽がとっぷり暮れてあたりの見通しが利《き》かなくなったころ、ディアナは最後の望みをかけてベネディクトの部屋を訪れた。

扉をノックして声をかけると、扉が勢いよく開いて驚いた顔のベネディクトが現れた。彼の表情を見て、ディアナは最後の望みが叶わなかったのだと悟る。それでもディアナはあきらめきれず、ベネディクトに促されるまま部屋に入りきょろきょろと視線を巡らせてフェリクスの姿を探した。

「ディアナさん、どうかされたのですか？」

ベネディクトを拒絶するように振り払って去っていったディアナが、日も変わらぬうちにやってきたのだ。何かがあったのは明白だった。

必死に視線を巡らせていたディアナは、やがて顔をうつむかせ、ゆっくりとベネディクトへと振り返る。ベネディクトを見上げるその顔は蒼白で、腹のあたりで握りしめる両手が小さく震えていた。

「ベネディクト様、フェリクスを……フェリクスを見かけませんでしたか？」

「フェリクス？　フェリクスに何か……まさか、姿が見えないのか!?」

ディアナは涙をこらえるように目元をゆがめ、頷《うなず》いた。

「昼過ぎから、姿が見えないそうなのです。家にも戻っておらず、バラ園にも居《お》りませんでした。裏庭や中庭も探しましたが、みつっ……見つからなくて……」

ディアナはついにこらえきれず涙をあふれさせる。

（泣いたところでフェリクスは見つからないわ。そんな暇があるならフェリクスを探すべきでしょう）

そう自分を叱咤《しった》しても、一度決壊した涙はなかなか引いてくれなかった。それどころか、涙に引きずられるようにして、あえて考えようとしなかった嫌な可能性が頭に浮かんでくる。

「フェリクスを早く見つけないと……もしっ、もしあの男のもとへ連れていかれたらっ……フェリクスに何かあれば……わたくしはっ、生きていけないわ！　わたくしにはあの子だけなの、あの子しか残っていないのよっ！」

「ディアナ、落ち着いて！　しっかりするんだ」

取り乱すディアナを、ベネディクトが強く抱きしめる。

「大丈夫だ。フェリクスの居場所ならすぐに調べられる。まさかこんなに早く動くとは思わなかったが、ちゃんと手は打ってある」

ディアナは勢いよくベネディクトを見上げる。深海を思わせる濃紺《のうこん》の瞳が、ベネディクトの真意を見極《みきわ》めんと向けられた。

その視線を、ベネディクトは真っ向から受け止める。

「誰がフェリクスを連れ去ったのか、大体の予想はついている。もし万が一不穏な動きをしたらすぐ取り押さえられるよう手配してあるから、エミディオのところへ行こう」

「その必要はありませんよ」

第三の声がかかり、ディアナとベネディクトは声が聞こえた方へ振り向く。廊下《ろうか》へ続く扉の前に、エミディオが立っていた。彼の背後、開け放たれた扉の向こうに、なにやら縄を手に持つレアンドロと、そんな彼にしがみつくフェリクスの姿があった。

「フェリクス！」

「母様！」

ディアナはベネディクトの腕を振り払ってフェリクスへと駆け出す。フェリクスもレアンドロから離れ、両腕を広げるディアナの胸に飛び込んだ。

「フェリクス……あぁ、本当によかった！　もっとちゃんと顔を見せて。どこもケガはしてない？」

ディアナはフェリクスを力一杯抱きしめた後、彼の顔を両手で包んでまじまじと見つめる。頬《ほお》を涙で濡らしながらも、目立ったケガもなく無事な姿で戻った我が子をディアナはもう一度強く抱きしめ、フェリクスは涙を流して自分の無事を喜ぶ母を安心させようと抱きしめ返した。

「母様、心配かけてごめんなさい。学校で本を読んでいたら、兵士さんに無理やり袋に詰められたんだ」

「兵士?」と眉《まゆ》を顰《ひそ》めるディアナへ、エミディオが「こいつですよ」と答え、一人の兵士が部屋の中へ放り込まれた。

兵士は抵抗出来ないよう縄でぐるぐる巻きにされ、縄の端をレアンドロがつかんでいた。拘束される際抵抗したのか全身ボロボロで顔も傷だらけになっていたが、ディアナは拘束された兵士に見覚えがあった。

「あなた、聖地を警護している……」

聖地を警護する兵士とは、聖地へと通じる扉を警護している兵士だ。聖地へと通じる扉はベネディクトの部屋へつながる扉のすぐ隣にあるため、ディアナは何度か彼らと言葉を交わしたことがある。といっても、挨拶《あいさつ》程度だが。

兵士はディアナの視線から逃げるように顔をそらした。

「これは隣国ヴォワールが放った間諜《かんちょう》です。正体自体は結構前につかんでいたんですけど、いったい何が目的なのかいまいち見えなかったもので、泳がせておいたのです。そこへ、あなた方親子を狙っている者が衛兵の中にいると叔父上《おじうえ》から相談がありまして」

エミディオの言葉に、ディアナだけでなく捕まった兵士も驚いていた。そんな彼に、エミディオは生き生きとした笑顔を向けた。

「なぜ見破ったのか教えてあげようか。お前の潜入は完璧《かんぺき》だったよ。普段の言葉遣いから剣の扱い方まで、すべてアレサンドリ神国国民になりきっていた。だが、そんなお前もただひとつミスを犯した。それは、剣の持ち方だよ」

エミディオは笑顔を保ったまま、鋭い視線で兵士を射貫《いぬ》く。

「ビオレッタが聖地にひきこもったとき、お前は扉の警護をしていたな。私を足止めしようと剣を構えたとき、握り方に少々癖《くせ》があるのを見つけてね。レアンドロに調べさせた結果、それがヴォワール独自の持ち方だと分かった。それだけ分かればあとはたどるだけだから簡単だったよ。まさか叔父上まで見破るとは思わなかったがね」

「私が君を不審に思ったのは、この部屋が荒らされたとき、ディアナさんがやったと君が証言したからだ」

（この部屋が、荒らされた？）

初めて知った事実に驚くディアナへ、ベネディクトはことの仔細《しさい》を説明した。

ベネディクトの部屋が荒らされたのは、ビオレッタが聖地にひきこもる前日のことだった。散歩から戻ったベネディクトは、自分の部屋に誰かが入ったのだとすぐに気づき、すぐさま部屋の前で待機する衛兵に事情を聞いたのだという。

聖地の扉を守っていた衛兵は今回捕まった兵士を含めて二人。しかし、一人は交代したばかりで、何も見ていないと答えた。

「そして君は、交代のためひとりで警備していた時にディアナさんが部屋を訪れたと証言したね。けれど、それはあり得ないんだよ」

ベネディクトは静かな怒りをはらんだ眼差《まなざ》しで兵士を見下ろす。その視線の鋭さは、エミディオと瓜二《うりふた》つだった。

「この部屋の掃除はディアナさんが行っている。彼女はとても几帳面《きちょうめん》な人でね。調度品《ちょうどひん》ひとつひとつが美しく映えるように配置してくれているんだ。そんな調度品の向きが変わっていたから、私は荒らされたと気づいた。もし万が一彼女がやったのなら、そんなミスは犯さなかっただろう」

部屋を探るとき、家具や調度品の位置には気を付けても、調度品に前後の向きがあるなんて思いもしなかったのだろう。ベネディクト自身、ディアナの説明を受けて初めてその違いに気づいたくらいだった。

「犯人であるはずがないディアナさんの名前を出した君を、私は不審に思った。しばらくするとディアナさんの様子がおかしくなり、気になった私がエミディオに相談した結果、君がヴォワールの間諜だと教えられたわけだよ」

「叔父上のおかげでお前がディアナさん親子を探っていることが分かった。そこで、親子それぞれに一人ずつ、聖地を警護する兵士をつけることにした。一人だけで標的に近づく機会があれば何かしら動くかと試したわけだが、まさかこれほど早く罠《わな》にかかるとは思わなかった」

見事、罠にはまってしまった兵士はうつむいて押し黙っている。

「さて、我々からの説明はこれくらいで十分だろう。今度はお前が話す番だ。なぜ、子供を誘《ゆう》拐《かい》した？　子供を使ってディアナさんからなにかを手に入れようとしたのか？　それとも、子供が目的か？」

兵士はうつむいたまま何も答えない。エミディオもそれは予想していたのだろう。さらに追及するでもなく、ディアナへ視線を移した。

「ディアナさん。あなたに狙われる覚えはありますか？」

ディアナはフェリクスをその背に隠すと、毅然《きぜん》とした態度で「ありません」と答えた。すると、兵士は顔を上げて「嘘だ！」と初めて声を上げた。

「その女の名前はリディアーヌ・クラヴィエ・フォン・ヴォワール。ヴォワール帝国前王太子の妻だった女だ！」

「ヴォワールといえば、七年前に王弟が謀反《むほん》を起こして政権を奪った国だな。そのときに王太子は亡くなったと聞く。では、この子供は王太子の忘れ形《がた》見《み》か」

ディアナの背後で、フェリクスが身体《からだ》をこわばらせる。ディアナはフェリクスを安心させようと、彼の手を強く握りしめた。

「なんのことか、分かりません。わたくしは確かに、七年前ヴォワールから逃げてきました。しかしそれは、政変の混乱によって著《いちじる》しく治安が悪くなった国から逃げたのであって、王太子など知りませんわ」

「嘘だ！　その子供、前王太子に瓜二《うりふた》つではないか！　証拠だってある。その女は政変の混乱の中、城から王の証《あかし》である指輪を持ち去ったのだ！　その女の持ち物を徹底的に調べてみろ。必ず指輪が出てくる！」

（この間諜……こんなところで王の指輪について言及するなんて……）

思わぬ事態に、ディアナの心臓がざあっと冷えて背中に嫌な汗が噴き出すのを感じた。しかし、そんな動揺《どうよう》などおくびも出さないよう、フェリクスの手を握りしめて耐える。

黙ってにらみ合うディアナと兵士の間に、エミディオの冷めた笑い声が割って入った。

「この間諜は、本当に馬鹿なのだな。王の証である指輪を彼女が持っているだなんて……それが本当なら、現ヴォワール国王は王の証を持たぬ、つまりは正統な王ではないということになる。それを理由に我々がヴォワールを攻めることもできるな」

「我がアレサンドリ神国に、ヴォワールの姫が嫁《とつ》いだことがあります故、名目は立ちます。さらに、王の指輪はヴォワール建国の際、我がアレサンドリ神国が贈ったもの。それをなくすなどと、わが国を軽視しているとしか言いようがありません」

黙って縄を握っていたレアンドロがアレサンドリ神国の正当性を主張する。やっと自らの失言に気付いた兵士は、みるみる顔色をなくしていった。そんな兵士を見て、エミディオはそれはそれは愉快そうに口の端を吊り上げる。

「安心しろ。我々は他国の侵略に興味はない。それに、不安定なヴォワールの火の粉を被《かぶ》るつもりもないのでな。もし彼女が本当に前王太子妃であったのなら、それなりの対応を取らねばならない」

「待て、エミディオ。フェリクスはヴォワール前王太子の子供ではない。この子は私の子供だ」

ベネディクトはディアナとフェリクスを背に庇《かば》うように立つ。そんなベネディクトを、エミディオは王太子然とした厳しいまなざしでとらえる。

「あなたの子供だという証拠は？」

「証拠ならある。フェリクスが持っている指輪だ」

指輪と聞き、エミディオの瞳がギラリと光った。

「指輪……ねぇ。では、見せてもらいましょうか」

ベネディクトは重々しく頷《うなず》き、フェリクスの目の前に膝をつく。ベネディクトからフェリクスをかばうように、ディアナはフェリクスをぎゅっと抱きしめた。ベネディクトは無言のまま手を差し出し、じっとディアナを見つめる。

急《せ》かすでも脅《おど》すでもない、静かに待つようなその視線が、自分を信じてほしいと、ディアナなら分かってくれるだろうと言っているように感じた。ディアナはゆっくりとフェリクスを自分の腕から解放すると、不安げな息子の両肩を撫《な》でて微笑《ほほえ》む。

服の上から小袋を握りしめ、小さく震えていたフェリクスだったが、ディアナのその笑みを見て、身体から力を抜いて次第に震えも収まっていった。そして、小袋を首から外し、ベネディクトへ差し出す。

受け取ったベネディクトは、ディアナたちにだけ聞こえる小さな声で「ありがとう」と言い、力強く立ち上がった。

「この袋の中に指輪がある。私とこの兵士、どちらの主張が正しいのか、エミディオ、お前の目で確かめてくれ」

ベネディクトから小袋を受け取ったエミディオは、取り出した指輪を見て「ほう」と声を漏《も》らし、指輪の核となる青緑色の宝石をのぞき込むようにまじまじと見つめてにやりと笑った。

「私がとやかく言うよりも、自分の目で確かめたほうが納得できるだろう」

エミディオは、うつぶせの状態でレアンドロに踏みつけられ、身動きが取れない兵士の顔の前で膝をつき、指輪をすぐ目の前にかざした。

エミディオが持つ指輪は、以前フェリクスがベネディクトに預けたものと同じものだったが、中心にしつらえられた青緑色の宝石の中に、剣と盾の紋章は浮かんでいなかった。

何も浮き上がっていない青緑の宝石を見た兵士は、目を見開いて「バカなっ！」と叫んだ。事実を受け止め切れていない兵士を、エミディオは鼻で笑う。

「自分の目で見たものすら信じられないのか？　文献によれば、ヴォワール王家が代々受け継いでいるという指輪には王家の紋章が浮かぶ宝石がはめてあるそうだな。この指輪のどこに、ヴォワール王家の紋章が刻まれているんだ」

「王家の紋章など、あるはずがない。それはもともと、私が陛下からいただいた『聖地を守る神官の証』を真似《まね》て作ったものなのだから」

ベネディクトはローブの下に隠して首に提げていた首飾りを外し、兵士に見えるよう掲《かか》げて見せる。チェーンにぶら下がるペンダントは形こそブローチのように平らだが、オーバル型の青緑の宝石をダイヤとパールが取り囲むというデザインは、フェリクスが持つ指輪とそっくり同じだった。

「聖地を守る神官には王族しかなれないという決まりがあってね。王籍を外れる際、国王が神官の証を授けるんだ。それを模した装飾品は私の直系の親族――つまりは私の子供しか持てないことになっている。なぜなら、それはアレサンドリ王家の血筋である証だからだ」

「バカなお前にもわかりやすく言ってやろう。叔父上の神官の証を模した指輪を持つフェリクスは、王弟ベネディクト・ディ・アレサンドリの息子だと国王に認められているということだ」

兵士は唖然《あぜん》とした表情でベネディクトとエミディオの話を聞いていたが、やっと頭が回ってきたのか反論しようと口を開きかけたところで、エミディオが「言っておくが」と遮《さえぎ》った。

「発言には気を付けたほうがいい。国王が認めるフェリクスについて下手《へた》なことを言えば、我らがアレサンドリ神国に言いがかりをつけることになるぞ」

兵士は慌てて口を閉じ、ぎりぎりと歯噛《はが》みした。悔しそうな兵士を見て、エミディオはまばゆいばかりの笑顔を見せる。

「納得してくれたみたいだね。では、ご退場願おう」

エミディオがひらひらと手を振ると、一礼をして答えたレアンドロが縄でぐるぐる巻きにされた兵士を引きずりながら部屋を出て行った。

廊下《ろうか》へ続く扉が閉まり、ずるずると兵士を引きずっていく音が聞こえなくなるまで待ってから、エミディオはディアナたちへと振り返る。

「なかなかの余興《よきょう》でしたね。ふふっ、お疲れさまでした」

場の空気にそぐわぬエミディオの軽さを、ベネディクトは眉《まゆ》をひそめて「エミディオ」とたしなめる。

「ディアナさんたちは何も知らなかったんだ。不安でたまらなかっただろう。不謹慎《ふきんしん》なことを言うんじゃない」

「それもそうですね。では、種明かしといきましょうか——と、その前に、一息入れたほうがよさそうですね」

座り込んだまま身を寄せ合うディアナとフェリクスを見て、エミディオは肩をすくめたのだった。


ひとまず危機を乗り越え、気が抜けて身体《からだ》に力が入らなくなったディアナを、ベネディクトが恭《うやうや》しく支えながらソファへ連れていった。いつもの椅子《いす》よりソファの方がくつろげるだろうとの配慮《はいりょ》が、いまのディアナにはとにかくありがたい。はしたない振る舞いではあるが、ソファの背もたれにぐったりを身を預けさせてもらった。

憔悴《しょうすい》しきっているディアナを、隣に腰掛けたフェリクスがいたわる。その間にもお茶を用意したベネディクトがエミディオとともに向かいのソファに座った。

「ほっとしたところで、説明を始めましょうか。でないと、本当の意味で安心できないでしょう?」

　ソファにもたれた姿勢のままフェリクスからお茶を受け取ったディアナは、お茶を一口飲んでほっと息を吐いてから頷《うなず》いた。普段のしゃんとしたディアナからは想像もできない姿に、エミディオは眉を下げて微笑む。ベネディクトにそっくりな笑顔だった。

「あの兵士がヴォワールの間諜《かんちょう》であるという情報は、私と叔父の間で共有していました。そこへ、フェリクスが王家の指輪を叔父に見せたことにより、間諜の目的を把握《はあく》できたのです」

　もともと隣国の目的を探りたくて泳がせていた間諜だったため、目的が分かった時点で捕らえてもよかったのだという。だが、ここで捕らえたところで、また新しい間諜が潜り込んでくるのは分かっている。それならばいっそのこと、フェリクスがヴォワール前王太子の子供ではないと証明して見せたほうが後々面倒が少ないだろうと判断したのだ。

「そのためだけに、聖地を守る神官の証なんてものをでっちあげることになりましたけどね。まぁ、それ自体は悪い制度ではないと思うのでいいんですけど」

「まさか……先ほどの話は、全て嘘なのですか?」

　目を丸くするディアナへ、エミディオは「嘘ではないよ」と答える。

「聖地を守る神官の証を、今回新しく作ったんだ。制度の内容はさっき説明した通り。神官は国王から証となる首飾りをもらい、それに似せて造った装飾品を子供に授ける。聖地を守る神官の証は、神官本人が亡くなったときに王に返さなければならないが、子供たちが代々装飾品を受け継いでいくことにより、その一族がアレサンドリ王家の血筋であると証明する」

記念すべき最初の証をヴォワール王家の指輪に似せて造り、あたかもそれが先に存在したかのように話しただけ、とエミディオはいたずらが成功した子供のような顔で言い切った。

「どうして……そこまでしてくださるのですか？」

唇から零《こぼ》れ落ちるように発せられた問いに、エミディオは「どうしてって……ねぇ？」と困ったように笑う。

「あなたがいなくなれば、ビオレッタが悲しむでしょう？　おびえたり嘆《なげ》いたりするビオレッタを見るのはそれはそれで楽しいんですけど、本気で泣かれるのは嫌なんですよ。しかもそれが、私以外のことに対してだなんて、まっぴらごめんです」

（ここはもしかして、おびえたり嘆いたりする姿を見て楽しむだなんて、あなた様は変態ですか。と指摘するべきなのかしら）

ディアナは非常に迷ったが、結局聞き流すことにした。今のところ、ビオレッタがエミディオによって多少泣かされることはあっても不幸そうではない。ビオレッタが自分で判断してエミディオと一緒にいるのだから、無関係のディアナがとやかく言う筋合いはないだろう。

ディアナが深い葛藤《かっとう》の末、一応の答えを見出《みいだ》したとき、エミディオが「それに」と言葉をつづけた。

「聖地を警護する兵士を用意するのは教会ではなく城です。そこに間諜を紛《まぎ》れ込ませてしまったのは、我々の落ち度だ。自分が犯した失敗を挽回《ばんかい》しようと動いただけですよ。あなたが恩を感じる必要はありません」

エミディオはカップのお茶を一気に飲み干すと、茶器をローテーブルに置いた。

「では、私は事後処理がありますのでここで失礼します。叔父上は、もっとちゃんとディアナさんと話してくださいい」

席を立ったエミディオを、ディアナは呼び止めて自らも立ち上がった。

「エミディオ殿下。この度《たび》は、ご助力ありがとうございました。この御恩は一生忘れません」

「礼など必要ないと言っているのに……まぁいいでしょう。感謝しているならば、態度で示してください。これからも、美術品の管理を頑張ってくださいね」

「はい。お任せください！」

力強く答えるディアナへエミディオは「よろしい」と頷《うなず》き、今度こそ部屋を出ていった。

エミディオが消えた扉をディアナたちはしばし見つめていたが、ベネディクトがディアナへ向き直って居住まいを正し、覚悟を決めたような表情で口を開いた。

「今回のこと、何も説明せずに不安にさせて申し訳なかった。だが、これで君たちがアレサンドリ神国内で息をひそめて生きる必要はなくなったと思う」

「本当に……そうなのでしょうか？」

「エミディオに任せておけば大丈夫だよ。あの子は、私よりずっと優秀だからね」

ベネディクトは大きく頷《うなず》き、指輪が入った小袋をディアナへ返した。小袋を受け取ったディアナは指輪を出して中央の宝石を見る。青緑の石には、剣と盾をモチーフにしたヴォワール王家の紋章が浮かんでいた。

「これは、いったい……」

あのとき、エミディオはヴォワール王家の紋章が浮かんでいないと言っていた。兵士も驚いていたため、紋章を見つけることはできなかったのだろう。しかしいま、ディアナの目には紋章がしっかりと映っていた。

「精霊にお願いしたんだ。ディアナやフェリクスたちに危害を加える可能性がある人間が見た場合、宝石の紋章が見えなくなるようにしてほしいと。君は精霊に愛されているから、彼らは快《こころよ》く引き受けてくれたよ」

指輪の宝石に浮かぶ紋章も、もともとは光の精霊が与えた祝福のひとつだったのだという。自分たちが作り出した紋章を消すくらい、精霊たちには朝飯前なのだそうだ。

「ここまでしていただいて、なんとお礼を言えばよいのか……本当に、ありがとうございます」

指輪を両手で握りしめて胸元に寄せ、ディアナは深々と頭を下げる。

「いいんだよ、ディアナさん。君とフェリクスは、私にとってかけがえのない大切な友人なんだ。私はただ、友人と一緒にいられるよう動いただけだよ」

「……友人？」

おとなしく話を聞いていたフェリクスがそうぽつりとつぶやいて首を傾《かし》げた。何かまずいことを言っただろうかと目を瞬かせるベネディクトだったが、ディアナは美しく笑うだけで何も答えなかった。

「……多大なるご迷惑をおかけしておきながら、何も話さないわけにはいきませんね。フェリクス、あなたにもきちんと説明しなければ」

ディアナは指輪をフェリクスに持たせると、その手を両手で包み込み、フェリクスの目をまっすぐに見つめて言った。

「わたくしの本当の名前は、リディアーヌ・クラヴィエ・フォン・ヴォワール。ヴォワール前王太子、ミシェル・フォン・ヴォワールの妻です」

「クラヴィエというと……侯爵の位を持つ有力貴族だね。七年前の政変で最後まで抵抗して取り潰しになったと聞く」

自分の家族が行き着いた結末を、ディアナはいま初めて知った。家族の無念を思うと涙が零《こぼ》れ落ちそうだったが、ディアナは目を閉じてこらえ、頷《うなず》いた。

「始まりは、前国王の突然の死でした。今思えば、それさえも仕組まれたことなのかもしれません。ですが当時、予期せぬ王の死に国中が動揺《どうよう》していて何も気づきませんでした」

国王が死んだのならば、次の王が立たねばならない。しかし王として立つには、十八歳の王太子はあまりに若すぎた。

「ミシェル様の後見に誰がつくのかで、上位貴族たちはばらばらとなりました。お互いがお互いをけん制し疑い合う。そんな混沌《こんとん》とした状況に紛《まぎ》れて、あの男は謀反《むほん》を起こしたのです」

ヴォワールは力あるものが治めるべきだと宣《のたま》う王弟が、国王の喪《も》が明けぬうちから行動を起こした。武力至上主義の一部の貴族と結託し、政変というよりむしろ侵略と言っていいような非道な手段で王弟は実権を握った。

「混乱の中、ミシェル様は古い伝手《つて》を使ってわたくしを城から逃がしました。そのとき、この指輪を託されたのです」

着の身着のまま、供すらなくしてなんとかアレサンドリにたどり着いたディアナを、エスパルサ寺院が保護した。

「何もかも失い、ひとり見知らぬ土地に取り残されて、わたくしはどう生きていけばいいのかわかりませんでした。けれどそんな時に、フェリクスを授かっていると知ったのです」

お腹にいる子供は、なんとしてでも守らなければならない。そう思いいたったディアナは、自らの出自《しゅつじ》や指輪を隠し、リディアーヌ・クラヴィエ・フォン・ヴォワールではなく、ディアナ・エスパルサとして生きていくことを決めた。

『みんなが君をリディと呼ぶから、僕はディアナと呼ぶよ』

（ディアナと呼んでくれたあなたはいま傍にいないけれど、あなたが残してくれたものが、この手にはある）

「わたくしには、権力への未練などありません。家族の最期を思うとやるせない気持ちにはなりますが、いまはただ、フェリクスとともに心穏やかに生きていきたいのです」

力のみですべてを支配しようとする現ヴォワール国王では、国は荒廃する一方だろう。ミシエルが愛する国が荒れると思うと心が痛いが、ディアナたちがフェリクスを担《かつ》いで立ち上がったところで、国がさらに混乱し疲弊《ひへい》するだけだ。もうこれ以上、血が流れるさまを見たくない。

「……そうか。ディアナさんの気持ちはよく分かった。フェリクス、君はどうしたい？」

ベネディクトに見据えられたフェリクスは肩を震わせていたが、指輪を握る自分の手を包むディアナの両手にもう一方の手を重ね、ベネディクトを睨《にら》むように見据えた。

「ぼくは、母様がこれ以上泣かないのならそれでいい」

フェリクスの思いが詰まった言葉に、ディアナは瞳を潤ませながら我が子を抱きしめたのだった。


ディアナとフェリクス親子に日常が戻ってきて十数日。ディアナのもとに、エミディオから城内の神殿へ来るようにとの指示があった。それだけでも一抹《いちまつ》の不安が胸をよぎるのに、フェリクスも連れてくるよう言われたときは心臓が冷え切るほどの恐怖を感じた。

(もしやヴォワール側にわたくしたちの存在がばれてしまった？　それとも、アレサンドリ神国側が何かしらの政治的要因からわたくしたちを保護できなくなってしまったとか)

嫌な考えがいくつも頭に浮かんだが、ここで逃げたところで捕まるだけだろう。大切な政治の駒《こま》であるディアナたちを、あのエミディオがみすみす逃がすとは思えない。

しかし、ここでディアナが動揺《どうよう》すれば幼いフェリクスを不安にさせるだけだ。ディアナは内心の混乱をおくびも見せずに、フェリクスを連れて神殿へ向かった。

城の神殿は、城の裏にひっそりと存在する聖地と違って城の表側にある。王家が光の神を信仰し尊《たっと》んでいると示すため、外から見える位置にあえて建ててあるのだ。

そんな神殿は、城にふさわしい大きさと荘厳さを兼ね備えた建造物である。王都の教会のように、権力を誇示しようとひたすら華美に飾り立てるでもなく、神殿とは静かに神に祈り、神と対話する聖なる場所なのだと再認識させるような、そんな不思議な力があった。

神殿の大聖堂でディアナを待っていたのは、エミディオとベネディクト、そして花冠を被《かぶ》ったビオレッタだった。ビオレッタが被る花冠は光の巫女の正装で、その季節の花を贅沢《ぜいたく》なまでに使用した逸品《いっぴん》だ。その都度《つど》職人が作り上げるという極上《ごくじょう》の品は、奇跡ともいえる美しさを誇るビオレッタにとてもよく似合っていた。

（光の巫女様の正装姿を間近で見られただけでも来たかいがあったわ！）

「光の巫女様、エミディオ殿下、ベネディクト様、お待たせしてしまい、申し訳ありません」

ディアナが膝を折って礼の姿勢をとると、その斜め後ろでフェリクスも頭を下げていた。

「二人とも、顔を上げてください。突然呼びつけたので驚いたことでしょう。その後の処理についての報告と、ちょっとした用事があってね。わざわざここへ来てもらいました」

ビオレッタが正装していることといい、何かしらこの場所に意味があるらしい。

「まずは事後処理についてご報告を。例の間諜《かんちょう》ですが、解放してヴォワールへ帰しました」

「は……え、だ、大丈夫なのですか!?」

ディアナの生存と、ミシェルの子供であるフェリクスの存在を知る間諜を解放するだなんて、ディアナたちを見捨てたに等しい。衝撃のあまりめまいを起こしたディアナを、ベネディクトとフェリクスが慌てて支えた。

「エミディオ！　わざと誤解させるような言い方をして……ちゃんと説明しなさい」

ベネディクトが眉《まゆ》を吊り上げて注意すると、エミディオは肩をすくませて「すみません、つい」と、全《まった》く反省の色が見えない謝罪をした。

「ご安心ください。間諜にはあなた方のことを決して漏《も》らさぬよう、ビオレッタが直々に言い含めましたので、今頃あなたは死んでいたと報告していると思いますよ」

「そんな馬鹿な!?　自らの命より国を優先するよう教えられた間諜が、ただ言い含められただけで寝返るなんて……」

「それがあり得るんですよ。他ならぬビオレッタがお願いすれば、ね」

エミディオはにやり、と口の端を吊り上げる。王子というより魔王という言葉がよく似合いそうな顔だった。

「あの間諜、前々からビオレッタのことを熱っぽい視線で見つめていたんですよ。この間、私が聖地から締め出された時も、あの男は使命感に燃えた目で私に剣を向けました。ビオレッタを守る騎士でも気取っていたのでしょうか。片腹痛いですね」

訳――俺のビオレッタをよこしまな目で見る奴は、誰であろうとぶっ潰す。

ディアナは思わずエミディオから視線をそらした。

(これはあれね。同族嫌悪というやつね)

突っ込みたい気持ちを抑えるため、ディアナは眉間《みけん》に寄っているであろう皺《しわ》をもみほぐした。

「つまり、光の巫女様にお願いされた間諜は、わたくしたちの存在を隠すことに協力すると言ったのですか?」

「ええ、もちろん。快諾《かいだく》でしたよ」

「こ、こここ怖かったですけど、『はい喜んで!』と力強く言い切ってくれました」

当時のことを思い出したのだろう。ビオレッタは涙目でぷるぷると震えていた。恐ろしい思いをしながらも、自分のためにビオレッタが頑張ってくれた喜びと、以前エミディオが言っていたように恐怖に震えるビオレッタもそれはそれでかわいいと思ってしまった自分が悲しくて、ディアナは口元を手で押さえながら小さく嗚咽《おえつ》を漏らす。

（どうしましょう、わたくし、王太子様を非難できないっ）

ディアナは自分についていろいろ考えたい心境に陥《おちい》ったが、何とか現実に戻ってビオレッタを見た。

「光の巫女様、この度《たび》は、本当にありがとうございました。あなた様のおかげで、わたくしたちは堂々と陽の光を浴びながら暮らしていけます」

「いえ、そんな！　ディアナさんにはこの国にいていただかないと困るんですっ。だから、気にしないでください！」

「光の巫女様……」とディアナが感激すると、ビオレッタは「みぎゃっ、まぶしい！」とうめいてエミディオの背中に隠れてしまった。

（毎度毎度……わたくしの何がいけないの？）

ディアナがわびしい気持ちになっていると、エミディオから「分かりますよ」と言わんばかりの視線を送られた。ディアナはなぜだか無性にイラッとした。

「隠れている場合ではありませんよ、ビオレッタ。もうひと仕事残っているではありませんか」

「あ、そうでした」と言ってビオレッタはエミディオの背中から出てくると、両手を胸の前で握りしめて祈りをささげ始めた。

「この地で生まれた新しい命に祝福を……」

ビオレッタが両手を差し出すと、その手のひらに小さな光が現れる。その光を、ビオレッタはフェリクスのもとまで持っていき、その頭上に降ろした。ビオレッタの手からこぼれた光は、フェリクスの頭に吸い込まれるようにして消えていった。

フェリクスは光が溶け込んだ自分の頭を不思議そうに撫《な》でまわし、ディアナは光の巫女が起こす奇跡を目にして言葉を失っていた。そんな二人へ、ビオレッタは満面の笑みで言った。

「フェリクス君に祝福の光を授けました。これでこの子は、正真正銘《しょうしんしょうめい》のアレサンドリ神国の国民です」

「アレサンドリで生まれた子供は、皆光の巫女から祝福の光を授かるんだ。フェリクスはその儀式を受けていないとエスパルサ院長から聞いてね。すべてが解決して君たちが堂々と暮らせるようになった今、ぜひとも祝福を受けてほしかったんだよ」

ベネディクトはフェリクスの栗色の髪を撫でる。癖《くせ》の強い柔らかな髪に、ベネディクトの指が埋まった。

「我々アレサンドリ神国王家は、君たち親子を歓迎するよ。フェリクス、生まれてきてくれてありがとう。そしてディアナさん。今日まで、よく頑張ってきたね。君があきらめずに生き続けてくれたから、私は君たち親子に出会えたよ。本当に、ありがとう」

「ベネディクト様……わたくしこそ、ありがとうございます」

頭を下げようとするディアナの肩をつかみ、ベネディクトは首を横に振って微笑《ほほえ》んだ。見つめ合うディアナとベネディクトの頭上に、はらはらと光の粉が降り注ぐ。

「互いを想い合う二人に、祝福の光を。二人の幸せが、末永く続きますように」

二人のそばに立ったビオレッタが、祈りの言葉を紡《つむ》ぎながら祝福の光を二人に降り注がせていた。自分に降り注ぐ光に感激するディアナとは対照的に、ベネディクトは顔を真っ赤にしてうろたえた。

「み、みみ巫女様!?　いったい何をなさっているのです！　私とディアナさんは、そのような関係では……」

「そうなんですか？　でも、精霊たちは二人がもうすぐ夫婦になるって言っていますけど」

ビオレッタの思いもよらぬ言葉に、ディアナは「は？」と声を漏らして固まった。

（夫婦になる……とは一体？）

そもそも、ディアナはすでにミシェルと結婚している。それに、ベネディクトにだって選ぶ権利というものがあるはずだ。

「え、だって、ベネディクト様は、ディアナさんが好きなんですよね？」

ビオレッタの悪意も配慮《はいりょ》も何もない言葉に、

「へ？」

「んなっ……！」

ディアナは虚を衝《つ》かれたような表情を浮かべ、ベネディクトに至っては顎《あご》が外れそうになっている。

二人それぞれの反応を見たビオレッタは、やっと自分が失言をしたことに気付いた。

「も、もしかして、まだお二人はそういう関係ではなかったんですか？」

「そういう関係どころか、叔父上《おじうえ》は自分の気持ちにすら気づいていなかったみたいですよ」

「そ、そんなっ！　だってフェリクス君を自分の息子にできちゃうくらい、ディアナさんのことを愛しているってことじゃないんですか⁉」

ビオレッタの疑問に、エミディオではなくフェリクスが「だよね！」と食いつく。

「おじさんはどう考えたって母様のこと好きだよね！　友人だって言ってたから、ぼく、不思議に思っていたんだ」

「ですから、無自覚だったんですよ。まぁ、たった今自覚したようですが」

エミディオに促され、ビオレッタとフェリクスはベネディクトへと視線を移す。驚きの表情のまま固まるベネディクトは、頭から湯気が上がりそうなほど顔を真っ赤にしていた。

「あのぉ……エミディオ様。私、もしかして、余計なことをしてしまったでしょうか？」

「気にする必要はありませんよ。前々からさっさと捕まえるようせっついてはいたんです。これでちゃんと動き出すでしょう」

「国王様公認なんですね」

「そういうことです。では、ディアナさん。我々はこれにて失礼いたします。あなたが家族となる日を、楽しみにしていますよ」

訳――やっと叔父上を任せられる人が現れたんだ。逃がしませんからね。

エミディオは、それはそれはいい笑顔でそう言うと、ビオレッタを連れて大聖堂から出ていった。

取り残されたディアナの目の前には、期待に目を輝かせて自分たちを見つめるフェリクスと、いまだ固まったままのベネディクトの二人。

「……どうしろというの」

ディアナは心の底から思わずそうぼやいて、高い天井を仰《あお》いだのだった。

第三章　王弟殿下は愛を叫びました。

　ベネディクトはディアナを愛している。

　純粋なビオレッタが悪意のかけらもなく投下した爆弾は、見事ベネディクトの自我を木《こ》っ端《ぱ》微塵《みじん》に粉砕《ふんさい》した。取り残されたディアナがこの場を何とか収めようと話しかけても、顔を真っ赤にするばかりでまともな受け答えができない。

「おじさんには、時間が必要なんだよ」

　フェリクスの大人びた言葉に、ディアナは困惑した。

（この場合、大人びたことを言うようになったフェリクスを褒《ほ》めればいいのか、それとも、六歳児にそんなことを言われてしまうベネディクト様が情けないのか……悩ましいわね）

　とはいえ、フェリクスの意見は間違っていない。

「ベネディクト様。この度《たび》のこと、ありがとうございました。本当はもっときちんとお礼をさせていただきたいところなのですが、どうやら立て込んでいらっしゃるようですので、今日のところはこれにて失礼させていただきます」

ディアナはフェリクスとともに固まったままのベネディクトへ深々と頭を下げた後、やはり何も答えられないベネディクトを放置して神殿から去った。

そのあとベネディクトがどうしたのか、ディアナは知らない。おそらくは、自分の部屋へ帰ったのだろうと思う。

ベネディクトの気持ちを、本人の自覚と同時に知ってしまう、というなんとも奇妙な出来事があったが、だからと言ってディアナの日常が変わることはない。変わらぬ日々を送るディアナをベネディクトが訪ねることも、ディアナが散歩中のベネディクトを見かける、ということもなく数日が過ぎて行ったころ。

「叔父上《おじうえ》が聖地から出てこなくなりました。何とかしてください」

エミディオの願いなのか命令なのかいまいち判断がつかない言葉に、ディアナは何の返答もできなかった。

エミディオに私室へ呼ばれたとき、ベネディクト関連の話だろうと予想はしていた。だがしかし、まさかベネディクトがひきこもりに戻っていたとは思いもしなかった。

（確かに、散歩をする姿すら見かけないなと思っていたのよ。けれどまさか、ひきこもりに逆戻りしていただなんて。てっきり心の整理がつくまでわたくしを避けているのだとばかり思っていたわ）

「日中を聖地で過ごしたかと思えば、夜は部屋にこもってなにやら大きな物音を立てているようなのです。食事を持っていけば廊下《ろうか》で受け取ってきちんと平らげるそうですが、作業に没頭《ぼっとう》するばかりで呼びかけてもまともな返答がありません」

「その状況で、どうしてわたくしに白羽の矢が立つのでしょう?」

「あなたは叔父上にとって特別な存在だ。あなたの呼びかけであれば、叔父上も応じるはずです。叔父上がいったい何をしているのか見極《みきわ》め、ひきこもり生活をやめて外に出てくるよう諭《さと》してください」

(様子を窺《うかが》うだけでなく、ひきこもりに戻ったベネディクトを外に出せだなんて、いくら何でも無茶振りでしょう)

ディアナの考えなど聞かずとも分かったのだろう。エミディオはいい笑顔で「話は以上です。頑張ってください」と会話をぶった切った。

王太子にそう言われてしまえば、ディアナに発言権など残っていない。ディアナは礼をしてから、おとなしくエミディオの私室を辞した。

エミディオに無理難題を押し付けられたディアナは、その足でベネディクトの部屋へ向かった。もともと今日はベネディクトの部屋を掃除する日だったので、エミディオの要請がなくともここへ来るつもりではあった。

聖地へ続く扉は、廊下の突き当たりにある。この扉の向こうには、聖地へつながる渡り廊下が伸びているそうだ。二人の衛兵が守るこの扉をくぐれるのは王族だけなので、当然のことながらディアナにその権利はないし、ディアナ自身この扉に興味はない。用があるのは聖地の扉の斜め手前に位置する扉の先――ベネディクトの部屋だ。

（王太子殿下の話だと、この時間は聖地にひきこもっているのよね。けれど、今日わたくしが訪れるのは前々から決まっていたことだし……）

おそらくはいるだろうと思っているのだが、ここ最近響くという大きな音が聞こえてこない。約束などすっぽかして聖地にひきこもっているのかもしれない。

（わたくしに会いたくないと思って？　それとも、何か夢中になれるものを見つけたとか）

ディアナはちらりと聖地へ続く扉を見る。扉を守る二人の兵士は、ディアナの視線を無視して真っすぐ前を見据えて立っていた。任務を全《まっと》うする彼らの邪魔をするのは忍びないので、ディアナは悪あがきせずに扉をノックすることにした。胸に手を当てて深呼吸をしてから、扉を三回叩く。

「ベネディクト様、ディアナでございます」

しばらく待って返事がなければおとなしく帰ろう、などと考えていたディアナだったが、扉をたたいた途端、扉の向こうからバタバタという本の山でも倒してしまったかのような音が響き、かと思えば、今度は床に低く響くような音が何度も伝わった。

（この音、だんだん近づいてきていない!?）

正体不明の大きな音の接近に気づいたディアナは、言いようのない不安に駆られて逃げるべきかと考えた、その時だった。

物音が、ぴったりと鳴りやんだのである。

静かになった扉の向こう、いったい何が起こっているのか皆目見当がつかないディアナは、とりあえず待ってみた。

（まるで巨大な化け物が近づいてくるみたいな音だったけれど……この扉の向こうにいるのはベネディクト様以外考えられないし、大丈夫、よね）

そう考えたディアナが黙って待ち続けていると、扉のノブが音もたてずにひねられ、ことさらゆっくりと扉が開いた。

「あ、あの……ディアナさん、こんにちは。久しぶり、だね」

ほんの少し開いた隙間《すきま》から、ベネディクトが顔をのぞかせる。へらへらと笑う彼を見て、ディアナの直感が働いた。

（あぁ、また何か余計なことをしたのね）

「ベネディクト様、ご無沙汰《ぶさた》しております。ところで、お部屋に通していただけないのでしょうか？」

（被害が広がる前に、早々に対処しなくては）

ディアナの内心などつゆも知らないベネディクトは、視線をさまよわせて渋った。

「あぁ、うん……今はちょっと立て込んでいるというかなんというか——」

「ベネディクト様」

ベネディクトの言い訳をかき消すようにディアナが名前を呼ぶと、ベネディクトは背筋を伸ばして「はい」と答えた。

「通してくださいませ」

「どうぞ」

ディアナの静かな気迫に気圧《けお》されたベネディクトは、さながら訓練された兵士のようなきびきびとした動きで斜め後ろに退く。ベネディクトという壁がなくなり、部屋の中を窺えるようになったディアナは、

「ひぃぃっ！」

と、ひきつった悲鳴を上げた。


「ベネディクト様」

怒りをふんだんに含みながらも落ち着いたディアナの声に、床の上で小さく縮こまって座るベネディクトは「はい」とだけ答えた。対するディアナも、椅子《いす》ではなく床に座り込んでいる。

なぜなら、座れる場所がそこにしかなかったから。

「どこをどうしたらこんな状況になるのか、説明してください！」

ディアナがびしっと指さしたベネディクトの部屋は、まさに地獄絵図。お茶を飲んでいたテーブルや椅子には本がうずたかく積み上げられ、隣室はベッドの上も含めて散乱した神官服が埋め尽くし、床には書類と本が混ざりに混ざって散らばる、まさに足の踏み場もない状態だった。

以前までの優雅さのかけらもない部屋の床に座り込むベネディクトは、いたずらがばれた子供のようにもじもじとしながら言い訳を始める。

「じ、実は……ちょっと、いろいろと考えがまとまらなくて。こういうときは、整理整頓《せいとん》をするのが一番いいと思ったから、やり始めたんだけど……」

「もしや……やり始めたら止まらなくなり、気が付けば手の施《ほどこ》しようのない状態になったと？」

ディアナの問いに、ベネディクトはうなだれながらも頷《うなず》く。今回ばかりはディアナも奇異の目でベネディクトを見つめてしまった。

(片付けに没頭しすぎるあまり、逆に部屋を散らかしてしまうだなんて……聞いたこともないわ。そんな人、いるの？)

信じがたいことだが、実際ディアナの目の前にいる。これが現実である以上、誰かが片付けなければあの優雅な部屋は帰ってこないのだ。

ディアナは額に手を当て、長い長～いため息をこぼした。

「……ベネディクト様、さっさと片付けてしまいましょう」

「も、申し訳ない……」

「謝らなくても結構です。その代わり、死ぬ気で動いてくださいませ」

「わ、わかった」

ベネディクトは約束通り、ディアナの指示のもと馬車馬《ばしやうま》のように働いた。以前数回に分けてテラスに干していた本を運ぶのはもちろんのこと、床に散らばる書類も他人が見ていいものかわからないため本人に片付けさせた。ディアナはベネディクトの寝室を埋め尽くす大量の神官服を片付けていく。

仕方なく始めた掃除であったが、ベネディクトが所有する神官服はどれも上等な品のため、ディアナは内心楽しんでいた。ベネディクトの神官服は、職人たちの熱意が感じられる素晴らしいものばかりで、祭事用の金糸や銀糸の刺繍《ししゆう》がびっしり縫《ぬ》い込まれた神官服などは、全てが上質であるからこそ派手なのにけばけばしくは見えず、また反対にわずかな装飾も差し色もない純白の神官服などは、最高級品のシルクを使っているからこそほれぼれするほど美しい。

（神官服ひとつとってもこれほどまでに美しいだなんて……ベネディクト様の部屋は、まさに楽園ね！）

職人の気概《きがい》と自負をじっくりゆっくり堪能《たんのう》したディアナは、最初の当惑などどこへやらのほくほく顔でベネディクトのもとへ戻る。せっせと本を運んでいたベネディクトは、ディアナを見るなり顔を赤くして、抱えていた本をまき散らしてしまった。

「あ……と、申し訳ない。まだまだかかるかと思っていたから」

「……いいえ、お気になさらないでください。手が空きましたので手伝いますわ」

ディアナはベネディクトのもとまで歩くと、彼の足元に散らばる本を拾い上げる。真っ赤な顔のまま固まっていたベネディクトも、慌てて膝をついて本を拾い始めた。

丁寧《ていねい》に本を拾い上げるディアナと、せわしなく本を集めるベネディクト。それぞれが本を取ろうと伸ばした手が――重なった。

うつむいて本ばかり見ていたディアナは、はっと顔を上げる。手を重ねたままのベネディクトは、頭に血が上りすぎているのではと心配したくなるほど真っ赤な顔で、目と口を大きく開けてディアナを凝視していた。

「も、ももも申し訳ないっ！」

ベネディクトはそう叫ぶなり、重なった手を素早くひっこめ、勢い余って尻餅《しりもち》をついてしまった。

（たかだか手が触れただけでこの動揺《どうよう》……いくら何でも純情すぎませんか、ベネディクト様）

さすがにバツが悪く感じたのか、うつむいて顔をそらすベネディクトを見て、ディアナは密

かに嘆息《たんそく》する。集めた本を脇に置き、ベネディクトへと向き直ってきちんと座りなおした。

「ベネディクト様、お話があります」

「お、おは、お話ですか、はいっ」

ディアナの雰囲気《ふんいき》で何となく察したのだろう。ベネディクトは大慌てで姿勢を正し、取って付けたように真剣な表情を作った。まだまだ冷静になり切れていないのは明らかだったが、このままベネディクトが落ち着くのを待っていても、また今回のような騒動が起こるだけだろうと思い、もうはっきりさせてしまうことにした。

「以前、光の巫女《みこ》様がおっしゃりましたね、ベネディクト様が、わたくしに好意を持っていらっしゃると。正直に申し上げますと、わたくしは嬉しかったのです」

ベネディクトの目に光が宿るのに気づきながらも、ディアナは「ですが」と続ける。

「叶うならこのまま、変わらぬ日々を過ごしていきたいのです。ディアナは。わたくしには。フェリクスがおります。わたくしの人生は、全てフェリクスに捧げると決めております。ですからもう、わたくし一人の感情だけで動くことはできないのです」

ディアナはフェリクスに言い聞かせるときのような、ことさら優しい声で話す。期待に目を輝かせていたベネディクトは、ディアナの話を聞くうちにみるみる瞳から力を失わせ、最後はしょんぼりとうつむいてしまった。落ち込む彼にどう声をかければいいのか、ディアナが必死に考えていると、不意に顔を上げたベネディクトが、さっきまでとは打って変わった落ち着いた静やかなまなざしとともに口を開く。

「分かった。あの時、君は言っていたものね。二人で心穏やかに生きていきたいと」

「ベネディクト様……」

「大丈夫だよ、ディアナさん。私は君の平穏を壊したりしない」

ベネディクトは笑った。それはどこか安心したような、それでいて寂しそうな笑顔だった。

「だからどうか、これからもこの部屋に来てくれないだろうか。君がいないと、きっとこの部屋の調度品《ちょうどひん》たちは朽《く》ちてしまうよ」

ベネディクトの申し出は、ディアナの望むものそのままだった。とても喜ばしいことなのに、ディアナはなぜか泣きたくなった。

（自分で決めて、その手を取らなかったくせに……わたくしは愚かものね）

胸が詰まって声にならず、ただ黙って頷《うなず》いた。


数日後、ベネディクトの見合い話を噂《うわさ》で聞いた。以前顔合わせした令嬢たちと、改めて会い親交を深めているらしい。その中の誰かをベネディクトが気に入れば、本格的に話が動き出すのだという。

（これでいいのよ。本当に、よかったわ）

嘘偽りなく、ディアナは心からそう思える。けれど——

「母様は、おじさんのことを好きじゃないの？」

ディアナの憂《うれ》いを見透かしたように、フェリクスが問いかけた。年の割に聡明な我が子の追及に、ディアナは正面から向き合おうと決める。

「わたくしは、ベネディクト様を好ましく思っているわ。それは一人の人間としてだけでなく、男性としても惹《ひ》かれているのだと思う。けれど、ただ好きというだけで突き進めるほど、わたくしもベネディクト様も視野が狭くはないのよ」

「視野って何？　結婚って、好きな人とするものでしょう？」

純粋なフェリクスの想いを、ディアナは首を横に振って否定した。

「貴族の結婚とは、契約です。あの方には、背負うものがたくさんあるの。わたくしでは、その重荷を一緒に背負うことはできない。わたくしは、ミシェル様の妻だから」

心の奥底に眠る痛みを吐露するようなディアナの言葉に、フェリクスはもう何も言わなかった。きゅっと口を閉じたままディアナに抱き着いたかと思えば、声を殺して泣いていた。

ディアナの日常は過ぎる。ベネディクトに願った通り、この七年で手に入れた彼女の平穏が誰に脅《おびや》かされることもなく続き、気づけば秋も終わりを告げた。

乾燥した風が吹きすさぶテラスにて、ディアナは吹き込んできた枯葉を集めていた。王都のあたりは雪が積もるほど冷え込まないが、冬場は強い風が吹くため、気温以上に寒く感じる。

ディアナは城から支給されているコートの首元を手で押さえながら、せっかく集めた落ち葉が風によってまた舞い上がる様子を諦観《ていかん》しつつ思う。

（今頃、故郷は雪に覆《おお》われてしまったころかしら）

ヴォワールの冬は厳しい。短い雪解けの間にため込んだ食料を細々と消費しながら生きるしかなく、誰かを慈《いつく》しむだけの余裕がないからこそ、自分の身は自分で守れる強さをよしとするのだ。冬が来るたびに、弱きものから命の灯を消す。そんな国を変えたいと願い、ミシェルと前国王は必死に改革を進めていた。

季節が巡るたびに故郷の風景が頭をよぎるのは仕方がない。けれど今年の冬は、まるで初めてこの国へやってきた時のように、故郷との違いを実感するたびに思いだしてしまった。

（せめて、王弟が実権を握ったヴォワールがどうなっているのか、知る方法があればいいのに）

そんなことを考えてしまったからなのかもしれない。

ディアナの前に、懐かしい人間が現れた。

「久しぶりだな、リディ」

城門からディアナが出てくるなりそう声をかけてきたのは、お世辞《せじ》にも小奇麗《こぎれい》とは言えない、芸人崩れの旅人といった風貌《ふうぼう》の男だった。端々にほつれが目立つほこりまみれの帽子で顔の半分が隠れているが、ディアナには彼が誰なのか確認せずとも分かった。

「久しぶりね、エミール」

全く予期せず訪ねてきた友人に対し、驚きや戸惑い、懐かしさといった様々な感情がディアナの中で渦巻《うずま》く。しかし、それらを味わっている場合ではない。

「とりあえず、場所を変えましょう」

(城門から全《まつた》く離れていない、衛兵に声が聞こえるこんな場所でわたくしをリディと呼ぶなんて……七年たっても詰めの甘さは治らないのね)

ディアナの指摘を受けてやっと気づいたのか、男はバツが悪そうに背を向けて歩き出した。

この男の名前は、エミリアン・サヴォワ。埃《ほこり》や泥にまみれたみすぼらしい恰好《かっこう》をしているが、ヴォワールの辺境を預かる由緒《ゆいしょ》正しい貴族だ。ディアナの二つ年下の幼馴染《おさななじみ》で、王弟が謀反《むほん》を起こしたとき、ミシェルに請われてディアナの逃走を手伝った人物だった。

エミリアンは自分が滞在している宿にディアナを案内した。馬車を使うほどでもないが、王城からそこそこの距離があるその宿は、大通りから外れているせいで客足が悪いのか、他の客とすれ違うこともなかった。部屋には見るからに硬そうなベッドと簡素な木の椅子《いす》ぐらいしか置いていないものの、旅の芸人が個室に泊まるだけでも豪勢と言えた。

　エミリアンはディアナに椅子をすすめ、自分はベッドのふちに腰掛けるとずっとかぶっていた帽子を脱いだ。変装のためなのか顎《あご》には無精《ぶしょう》ひげを生やし、頬《ほお》も土で汚れている。それでも十二分に人の目を引いてしまうその顔を見て、帽子を被《かぶ》ろうと考えただけ成長したのかもしれない、とディアナは思った。

「リディ、無事でよかった。七年も君を放っておいてすまない」

　謝るエミリアンの声は、ディアナの記憶の声よりずっと低い。ディアナとそう変わらなかった身長は今や見上げなければ視線が合わないほどで、あの日の少年は立派な青年となっていた。

（七年という歳月には、それだけの重みがあるのね）

「わたくしのことは気にしないで。あなたが教えてくれた通り、エスパルサ寺院はとても素晴らしいところだったわ。おかげで親子二人、困窮《こんきゅう》することなく生きていけたもの」

　親子と聞いて、エミリアンはわずかに表情をこわばらせた。

「エスパルサ寺院を訪ねたとき、君が子供を産んだと聞いた。それはやはり……」

「ミシェル様の子供です。フェリクスと名付けたの」

　床を蹴《け》るように立ち上がったエミリアンは、大きく見開いた目を輝かせて叫んだ。

「でかした！　よくやったぞ、リディ！　ミシェル様の尊《とうと》い血がこの世に残るとは、ああ、神よっ！　感謝いたします！」

エミリアンは声高らかに歓喜し、ディアナを持ち上げる勢いで思い切り抱きしめた。

（人懐っこくてスキンシップが多いところも全然変わっていないのね）

図体《ずうたい》ばかりがでかくなって相変わらず子供っぽい幼馴染に、ディアナは密かにため息をこぼした。

「それで、そちらはどうだったの？　あなたがわたくしの一族と懇意《こんい》だったのは周知の事実だから、王弟たちが放っておくとは思えない」

ディアナが身体《からだ》に巻き付く腕を軽くたたきながら問いかけると、腕をほどいたエミリアンは、視線を落として頷《うなず》いた。

「私の方はいろいろあって……取り潰しにはならなかったが、父は処刑された。今は私が爵位を継いでいる。本当は一族もろとも葬《ほうむ》りたかったのだろうが、私が納める土地は国境に面している。領民からの信頼も厚い私たちを殺して治安が悪くなれば、他国が攻めてくる危険が増すからな。命拾いしたよ」

「あなたたちサヴォワ家が領民を慈《いつく》しんできた結果よ。お父様のことは……とても残念だけれど、あなただけでも助かって本当によかった」

ディアナはエミリアンを慰《なぐさ》めるために頭を撫《な》でようとしたが、残念なことに伸ばした手が彼の耳元までしか届かず、仕方なく髪を撫でることにした。七年で変わったのは身長だけではいようで、あの頃は頬のあたりで切りそろえてあった髪が、今や胸の下あたりまで伸びている。とくに癖《くせ》もなくするすると指をすべる髪を堪能《たんのう》していたら、その手をエミリアンがつかんだ。

「七年も経っていまさらと思うかもしれないが、今回君を訪ねたのは、リディ、君を私の妻として迎えたいからなんだ。七年前、君と別れたときに決めていた。生き残ったら、必ず君を迎えに行くって」

可愛《かわい》い弟分からの思わぬプロポーズに、ディアナは摑《つか》まれた手をピクリと震わせる。その手を、エミリアンは慈しむように両手で包んだ。

「この国から戻ってきた間諜《かんちょう》が、君が死んでいたと報告した。証拠として、君が逃走するときに着ていた服を持っていたから、あいつらは信じただろう。もう君を追いかける奴らはいない」

「だとしても……あなたの妻として表に立てば、すぐにばれるわ」

「大丈夫だ。病弱な妻をめとったと言えば、領地から出ずに済むだろう。私の領地は王都から最も遠い辺境だ。今回の政変で中央への影響力も落ちたサヴォワ家を訪ねて来るものなど、よほど親しい相手でもない限りありえないだろう」

エミリアンは凪《な》いだ海のような穏やかな笑みを浮かべた。七年前は見せたこともなかったその笑顔は、痛みや悲しみを受け止め、乗り越えた者の顔だった。

エミリアンの成長と、そうするしかなかった彼の辛苦《しんく》を思うと、ディアナは胸が詰まって視界がにじみそうになる。だがしかし、ディアナは今の平穏が続くことをベネディクトに願った。その願いをかなえるために身を引いてくれた彼のためにも、ここでエミリアンの手を取るわけにはいかない。

「エミール、わたくしは——」

「リディ、聞いてくれ」

断ろうとするディアナの言葉を、エミリアンは有無を言わせぬ強い声で遮《さえぎ》る。

「君が産んだ子供は、ミシェル様の子供だ。ヴォワール王家の正当な血を継ぐお方であり、その尊い血筋を守るためにも、我が国で育てるべきだ」

ディアナは何も反論できなかった。フェリクスがヴォワールにおいて、いい意味でも悪い意味でも影響力が大きい存在だと十分理解していたからだ。だからこそ、答えられない。

(いまさら、フェリクスを連れてヴォワールに戻ってもいいの?)

「すぐに決められないのは仕方がないことだと分かっている。しばらくここに滞在するから、ゆっくり考えてくれ。けれどどうか、忘れないでほしい。フェリクス様はミシェル様の子供だ。ミシェル様の血を受け継ぐその子は、ヴォワールで成長するべきだと私は思う」

別れ際、エミリアンはそう念を押した。

ディアナは頷《うなず》くことすらできなかった。

その夜、ディアナはほとんど一睡もできなかった。明日も仕事が待っている。少しでも眠らなければと思うのに、目を閉じると七年前の光景が鮮明に浮かび上がった。

謀反《むほん》を起こした王弟は集めた私兵で城を包囲し、ミシェルに王位継承権を放棄するよう迫った。ミシェルと城に残っていた貴族は、力のみを是《ぜ》とする王弟に国を任せることはできないと徹底抗戦し、長引く籠城《ろうじょう》戦にしびれを切らした王弟側が城に火を放ったのだ。

雨のように降り注ぐ火矢に消火が追い付かず、城はみるみる火に呑《の》まれていった。燃え広がる火の中を走り、ミシェルがディアナを連れていったのは、暖炉《だんろ》の奥のレンガを崩すと現れる鉄格子《てつごうし》の扉だった。扉の向こうに遠く続く暗い細道から、煙たくない冷たく新鮮な空気が吹き込んできた。

「この通路は、国王とその側近しか知らない。長く歩かなければならないが、王都の外れに出られる。これ以外に生き残る方法はないだろう」

ミシェルと目線を合わせたディアナは力強く頷《うなず》き、暖炉と同じレンガ造りの細い通路へ入る。と同時に、背後で扉が閉まる音がした。

「ミシェル様!?　何をっ……」

振り返ったディアナは、閉じてしまった鉄格子をつかんで揺さぶる。ミシェルは見るからに頑丈そうな南京錠《なんきんじょう》をかけてから、ディアナへ向き直った。

「ディアナ、申し訳ないがここから先は一人で進んでくれ。私はともに行けない」

「何をおっしゃっているのです！　あなたが生き残らなければ、この戦いが無意味になってしまう。あなたは何があっても生きていなければならないのです！」

必死なディアナの声に、ミシェルは首を横に振った。

「私は王だ。この国を背負うものだ。国を捨てて逃げるなど、してはならない。最後まで誇りをもって戦い抜く。それが、ヴォワールの男だ」

「さい、ご……最後だなんて、言わないでっ……ミシェル様！　どうか、どうかっ！　こちらに来てください、来られないならっ……わたくしもともに戦わせてください！　お願いっ……わたくしを一人にしないで……」

鉄格子に縋《すが》りつきながら、ディアナは涙ながらに懇願《こんがん》した。声は次第に弱くなり、最後の言葉は、ほとんど独り言のようだった。崩れるように膝をつき、深くうつむいてむせび泣く。それでも鉄格子を離そうとしないディアナの手に、ミシェルが自分の手を重ねた。

「ディアナ、ディアナ、聞いてくれ。私は一緒に行けないけれど、君は一人ではないよ。バカなことを言っていると思うだろう？　でも、本当なんだ。君は一人じゃない」

ディアナは顔を上げる。涙に濡れる頰《ほお》を見て、ミシェルは困ったように笑った。

「生きてくれ、ディアナ。前を向いて、強く、強く。君ならできるはずだよ。私の妻なのだから」

ミシェルは指にはめていた王の指輪を外すと、ディアナの手に無理やり握らせ、その手を両手で包み込んだ。

「愛している、ディアナ。だからどうか、生きてくれ」

ミシェルは祈るように、握りしめた両手に額を当てる。きつく閉じた彼の目に光るものを見つけたディアナは、空いたもう一方の手をミシェルの両手に重ねた。

「わたくしが、生き残れば……ミシェル様の勝ち、ですね」

ミシェルは勢いよく顔を上げる。涙で頬を濡らして苦しそうに顔をゆがめながらも、まっすぐな眼差《まなざ》しを向けるディアナを見て、ミシェルは柔らかく微笑《ほほえ》んだ。

「そうだよ、ディアナ。君が無事に逃げ延びること。それが、私たちの勝利だ」

たとえこの戦《いくさ》に負けようとも、王の指輪を渡さない限り、王弟は本当の意味での王にはなれない。王の指輪を持たぬ王はただの略奪者であり、その子孫も代々その烙印《らくいん》を押され続けることになるだろう。

「ミシェル様、愛しています。わたくしはあなたの妻だからっ……一緒に、一緒に戦います。たとえそばにいられなくても、離れてしまっても……あなたのためにっ、戦い続けます」

ミシェルの両手に包まれたままの手を握りしめる。託されたのは、誇り。侵略者の思い通りになどさせないという、ヴォワール国王としての、彼の意地。ならばその意地を通せるよう支えることこそがディアナの役目であり、王妃としての矜持《きょうじ》だ。

ミシェルはさよならとは言わなかった。それを聞いてしまえば、ディアナが動けなくなると分かっていたからだろう。やがて鉄格子の向こう側がレンガで埋まり、人の気配が感じられなくなると、ディアナは鉄格子の向こう、レンガに手を伸ばして声を殺して泣いた。けれど長居はできないと、無理矢理扉から手を引き離して歩き出した。

泣いていてはだめだ。ミシェルは強く生きろと言った。ただ前だけを見て、進み続けてほしいと願った。ディアナはミシェルの妻として、強く、強く、前を向いて生きなければならない。

進んで、進んで、進んで、無限に続いているように思えた回廊《かいろう》の果てに、エミリアンが待っていた。彼が用意していた馬に乗り、ディアナは休む暇もなく王都から離れる。喧騒《けんそう》すら聞こえないほど遠い城を振り返れば、星を覆《おお》い隠す分厚い雲さえも赤く染める炎が見えた。

ディアナは目を開く。すぐ目の前には、安らかな寝息を繰り返す愛《いと》しいわが子がいる。ディアナの希望であり、生きる意味。今なら分かる。あの時ミシェルが言っていたのは、この子のことだったのだ。彼はきっと、ディアナの妊娠《にんしん》に気づいていたのだろう。

ディアナは生き残り、ミシェルに託された誇りを彼の子供に託すことができた。あの日の約束は、叶えられたはずだ。

(だったら、これからは?)

ディアナはいったい、何を指針に生きていけばいいのだろう。

　ほとんど一睡もできなかったディアナのぼんやりした頭に、眠気覚ましの衝撃が走った。

「おはよう、ディアナさん、フェリクス」

　いつものように預かり所にフェリクスを連れてきたディアナを、笑顔のベネディクトが出迎える。真っ白い神官服に身を包んだベネディクトは、ニコニコニコニコと、すこぶる良い機嫌で立っていた。

「ベネディクト様!?　あの……どうして、このようなところに？」

「ここで働く教師がひとり妊娠してね。つわりがひどいらしくて、しばらく休むことになったんだ。急なことで代わりの人員を用意できず困っていたようだから、私が名乗りを上げたんだよ」

　ディアナは驚きのあまり言葉を失ってしまった。

（確かに人によっては突然ひどいつわりが始まって、起き上がることすら困難になることもあるけれど……だからといって、どうして高位の神官であるベネディクト様が出てくるの？　止める人はいなかったのかしら）

　困惑するディアナの隣では、フェリクスが両手を握りしめて目を輝かせていた。

「じゃあ、今日から毎日おじさんと会えるの？」

「そうだよ、フェリクス。もう春を待つ必要はないんだ。一緒にたくさんお勉強しようね」

諸手《もろて》を挙げて喜ぶフェリクスと、そんなフェリクスを見て満足そうにするベネディクトを見て、ディアナは気づいた。ベネディクトは、フェリクスと一緒にいる時間がほしくて教師を引き受けたのだ。

（公私混同もいいところだわ。誰か止める人はいなかったの!?）

ディアナはざっと周りを見渡してみる。高位の神官であるベネディクトを守るため、寮の周りには数人の兵士が立っている。彼らは皆、フェリクスとはしゃぐベネディクトを満ち足りた表情で見ていた。

（ベネディクト・マジック!!）

ベネディクトを前にすると、たいていの人間は彼に尽くそう尽くそうと動く。フェリクスと会えずしょんぼりするベネディクトを喜ばせるために、本来なら全《まった》く関係のないベネディクトのところまで教員不足の話が伝わったのだろう。

（皆が動いてしまうほど落ち込むって……ベネディクト様ったらどれだけフェリクスバカなの？　というか、バカなのは周りね、ベネディクト様に甘すぎるでしょう！）

いくら城の敷地内といっても、聖地を守る神官という国の重要ポストに就《つ》くベネディクトを気軽に送り込んでいい場所ではない。しかるべき立ち位置の人はしかるべき場所で守られているべきなのに、大掛かりな警備の変更などを行ってまでベネディクトをフェリクスに会わせようとするとは。

（どんな労力も惜しまないほど人に尽くさせるベネディクト様が恐ろしいのか、ただ単にのんびりとした国民性なのか……）

ディアナにはどちらが正解なのか判断できないが、言うべきことは言わなければならない。

「ベネディクト様、あなた様は教師としてここにいるのです。であれば、ひとりの生徒を特別扱いしてはいけません。すべての生徒を分け隔《へだ》てなく導いてくださいね」

ディアナの至極《しごく》まっとうな忠告に、ベネディクトは姿勢を正して「はい！」と答えた。ベネディクトの反応を見てとりあえず納得したディアナは、今度はフェリクスへと振り向いた。

「フェリクス、あなたもよ。どれだけベネディクト様が望んでいようと、学校内ではベネディクト様のことは先生と呼びなさい。何事にも、けじめは大切です」

「わ、分かった。先生、おはようございます」

フェリクスがそう言って深々と頭を下げると、ベネディクトはそれはそれは悲しそうな目でディアナを見つめた。雨に打たれる小動物のように庇護《ひご》欲を掻《か》き立てるベネディクトを見て、周りで警護する兵士たち全員がディアナにもの言いたげな視線を送ったが、しかしディアナは負けなかった。

「だめです。けじめです。これも教育の一環です」

にべもないディアナの態度を見て、ベネディクトは意気消沈しながらも納得したのだった。

「ところで、ベネディクト様。その格好で子供たちの面倒を見るのですか？」

教師役初日の今日、ベネディクトが着てきたのは、純白の神官服だった。刺繍《ししゅう》などの飾りが一切なく、生地そのものが持つ光沢《こうたく》を生かしたドレープが美しい逸品《いっぴん》だ。

「うん。私が持っている服は神官服にしては華美な装飾のものが多くてね。子供たちに怖がられるかと思って、一番飾り気のないものを着てきたんだよ。これなら気軽に近寄れるだろう」

ここに預けられる子供たちはみな使用人の子供だ。彼らは子供といえども貴族などに粗相《そそう》はしないよう親から常々言い含められている。普段通りの格好のベネディクトを見れば、すぐに逆らってはいけない人と判断して近寄ることすらないだろう。

だから、一番装飾が少ない服を選ぼうとした、という判断は正しい。正しいのだが。

（その神官服、ベネディクト様が普段着ているものよりウン倍も高価だと思います）

ディアナは言うべきか否《いな》か迷い、結局口をつぐんだ。ニコニコご機嫌なベネディクトに、水を差すようなことはしたくない。白い神官服はさぞや汚れやすいことだろう。しかし、よっぽどの汚れでもない限り、優秀な洗濯係《せんたくがかり》がきれいさっぱり落としてしまうはずだ。余計なお世話などせず、ひきこもりがちなベネディクトの自主性を尊重しよう。

などと考えていた自分を、仕事を終えてフェリクスを迎えに来たディアナは久しぶりに殴《なぐ》り倒したいと思ってしまった。今思い返すと、肝心《かんじん》な部分を考慮《こうりょ》するのを忘れていた。相手はべネディクトだということを、すっかり忘れていたのだ。

　仕事を終えて預かり所までやってきたディアナを、今か今かと待ち構えていたフェリクスが出迎えた。

「母様！」

　元気な声を上げてディアナの胸に飛び込んでくるのは変わらない。いつもと違っていたのは、我が子のその姿だった。

　自分を見つめる夫そっくりな顔にべったりと絵の具がついていたのである。よく見ると、絵の具は服にまで及んでおり、手に至っては治りかけの打撲《だぼく》のようなおどろおどろしい色に染まっていた。

「フェリクス……これは、いったい……」

「これね、お絵かきしたんだ！　ベネディクト先生が、絵の具をたくさん持ってきてくれたんだよ」

　絵の具なんて高価なものを気安く子供に持たせる猛者《もさ》はベネディクトしかいないだろう。それは分かるのだが、よりによってなぜ油絵の具を持たせたのか。水彩ならまだしも、油絵の具など一度ついてしまうとなかなか落ちないというのに。

　今日の服は汚れ作業用の服にしてしまおう、などと考えながら、ディアナは教室から出てきたベネディクトに挨拶《あいさつ》しようとして——

「いやあああああああああっ！」

——絶叫した。

教室から現れたベネディクトは、フェリクスの汚れ具合などかわいらしく思えるほどに、全身どろっどろだった。

（職人の意地とプライドがつまりに詰まった、見事な光沢《こうたく》をもつ純白の神官服が！　上質な生地を惜しみなく使ったからこそ実現した美しさを持つ、至高品にふさわしい、二つとない品だったあの神官服がぁ!!）

今や様々な色に塗りつぶされてしまっている。

ベネディクトはディアナの突然の叫び声に驚いたものの、視線を追って事情を理解したのか、へにゃりと笑った。

「これね、絵の具を手に付けた子供たちが抱き着いてきたんだ。絵の具を使うのは初めてだったんだね。すっごくはしゃいでいたよ」

（そりゃあ絵の具なんて高価なもの、いくら城が運営する学校とはいえそうやすやすと子供に渡せるはずがないし、珍しい体験ができて子供たちが大喜びしたのもわかる。けれどそれよりもっ、そんなことよりも！）

今はベネディクトの服のほうが大変な問題なのである。

あまりの衝撃に言葉が出てこなくなってしまったディアナの心を、ベネディクトは何となく察し、「大丈夫だよ」と答える。

「この服を作ってくれた職人が、汚れることなど気にせずに、どんどん着てくださいと言っていた。もうあの人は亡くなっているけれど、きっと喜んでいると思う」

（違う！　それは絶対に違う！）

ディアナの心の叫びは、いまだ衝撃から復帰できていないため声にならない。

きっとその職人は、自分の最高傑作《けっさく》である純白の神官服をまとうベネディクトを見ていたかったのだ。これだけの高級品、生半可《なまはんか》な人間では服に着られてしまうだろう。しかしベネディクトなら、中身がどれだけ残念でも外見だけは極上《ごくじょう》なベネディクトが纏《まと》えば、そこらの芸術品に負けない完璧《かんぺき》な美が生まれる。

（職人はその美を見たかったからこそ、服の価値に怖気《おじけ》づいたりせずにどんどん着てくださいとおっしゃったんだわ。間違っても、汚れてもいい普段着にしてください、とは言っていない）

「しょ……職人の、方は……草葉の、陰で、さぞや泣き暮れているでしょう」

やっと出てきたディアナの言葉に、

「そうだね。きっと、喜んでくれているよ」

ベネディクトは満足げな笑顔とともにずれた答えを返した。

結局、ひどい有り様な神官服を放っておくことができなかったディアナは、ベネディクトを自分たちの部屋に放り込んで適当に借りてきた服に着替えさせ、回収した神官服は全力疾走で洗濯場《せんたくじょう》へ持っていった。

神官服の受け入れがたい惨状《さんじょう》を目《ま》の当たりにした洗濯係は、先ほどディアナが上げた悲鳴とは比べ物にならないほど悲痛な声を漏《も》らし、しかし、すぐに立ち直ってかっさらうように神官服を持って行った。

神官服を囲む数人の後ろ姿を見ながら、ディアナはほろりと涙をひとつこぼす。

（洗濯というものは、時間との勝負ですものね。あれだけの衝撃から一瞬で立ち直った彼女たちのプロ根性に……幸《さち》あれ！）

「見てくれ、ディアナさん。私にも制服というものができたよ」

翌日、フェリクスを預けにきたディアナへ、興奮気味のベネディクトが見てくれとばかりに両手を広げて言った。

（普段の神官服もある意味制服でしょう？）

そう思いつつも、ディアナは自慢げなベネディクトを見つめる。今日のベネディクトは、ずるずると裾《すそ》を引きずるような神官服ではなく、生成《きな》りのシャツに草色のズボンだった。

ベネディクトは中性的な美人だと思っていたが、こういう格好をすると男性なのだと実感する。まくり上げた袖口《そでぐち》から覗《のぞ》く腕にはしっかりと筋肉がついているし、腹回りも出っ張ったりしていない。もともとの姿勢の良さも相まって、とてもとても格好良かった。

「とても似合っておりますわ。それを用意したのは執事長ですか？」

「そうだよ。私の仕事ぶりを聞いた爺《じい》が気を利《き》かせてくれたんだ。神官服はやはり動きにくいからね」

洗濯係から苦情が届いたのだろう。すぐに用意するあたり、執事長の有能さが見て取れる。

（しかも制服を用意しました、なんて……ベネディクト様が喜びそうな言い方ね）

実際大喜びで自慢までしている。実に鮮やかに執事長の手の平で転がされていた。

「ところで、昨日の神官服は？」

「元通り真っ白になって帰ってきたよ。落ちないと思っていたのに、専門職というのは本当にすごいね。君にも見せてあげたかったけれど、せっかく爺が制服を用意してくれたから、教師の仕事の時はこれを使うことにするよ」

「それがよろしいかと思います。あの神官服は、聖地でお祈りするときに使われては？　あの清廉《せいれん》な美しさ、光の精霊が喜ばれるのではないでしょうか」

ディアナのそれとない誘導に、ベネディクトは嬉々として頷《うなず》く。

「それもそうだね。さすがディアナさん。光の精霊の好みを分かっている」

「喜んでいただけて良かったです」と微笑《ほほえ》み返しながら、ディアナは心の中でほっと胸を撫《な》でおろした。もう二度と、あんな心臓に悪い光景を見たくない。これは、執事長や洗濯係も同じ心境だろうと思った。

ベネディクトが臨時教師となってから一週間ほどたった。最初こそそわそわ落ち着かない様子だったベネディクトもいつもの落ち着きを取り戻し、フェリクス以外の子供たちとも打ち解け、いい先生になりそうだと皆が安堵《あんど》したころ。

ディアナの心は、何ひとつ決められていなかった。突然教師になったベネディクトが気になって仕方がなかったのもその一因であるが、領主であるエミリアンが、いつまでもアレサンドリにいることはできない。そろそろ答えを出して、準備を進めなければと思うのに、ディアナの心は決断することを躊躇《ちゅうちょ》していた。

食事会などに使われる広間の美術品を乾拭《からぶ》きしながら、ディアナはため息をつく。同僚のアンナに最近ため息が増えたと指摘されたばかりだが、これは止められそうもない。

手にしていた香炉《こうろ》を台座に戻したディアナは、あえてふたは閉めずに香炉に立てかけるように配置した。こうすれば香炉の中の影が見え、闇の精霊が喜ぶはずである。美術品の陰で戯《たわむ》れる闇の精霊を見て喜ぶビオレッタの姿が浮かび、ディアナは思わず頬《ほお》が緩《ゆる》んだ。

「にゃあん」

不意に足元から猫の声が響き、ひとりきりだと油断しまくっていたディアナはふやけていた顔を引き締めて足元を見る。ディアナの右足のすぐ隣に、ビオレッタが連れている黒猫――ネロが座り込んでいた。

「こら、ネロ。気配を消して女性に近づくものではありませんよ。女性には、他人に見せられない顔というものがあるのです」

ディアナはネロの両脇に手を差し込み、目線の高さまで掲《かか》げて注意をする。ネロは「にぃ～」と鳴きながら尻尾《しっぽ》を左右に大きく振ったあと、ディアナの腕に尻尾を巻きつけた。その萌《もえ》黄《ぎ》色の瞳が「失礼しました」と言っているような気がして、ディアナは引き締めていた表情を柔らかくほどいてネロを胸に抱きしめる。

「分かってくれればいいのよ。あなたは本当に賢い猫ね」

ディアナが背中を撫でると、ネロはゴロゴロと喉《のど》を鳴らしながら手の動きに合わせて背筋を伸ばした。そのしぐさはまさに猫そのもので、ネロが精霊だなんて信じがたい。しかしビオレッタが精霊というのだから、そうなのだろう。

「そういえば、いつも一緒の光の巫女様は？」

ネロの顔をのぞき込んでディアナがそう問いかけたときだった。

「ネロ、いたあっ！」

背後からビオレッタの元気一杯の声が届き、ディアナはネロを抱きしめたまま振り返る。広間から廊下《ろうか》へと続く扉の前に立っていたビオレッタが、ドレスのスカートをむんずとつかんでこちらへ走ってきていた。

(光の巫女様、いくら何でもはしたなすぎます)

ディアナが心の中でつぶやいている間にも目の前までやってきたビオレッタは、ディアナの腕の中で幸せそうにまどろむネロを見て、奇跡ともいえるその美しい相貌《そうぼう》に驚愕《きようがく》の表情を浮かべた。

「ネ、ネネネネロが……エミディオ様以外に媚《こ》びを売っているだなんて……」

「にゃお～、にゃにゃにゃん」

「た、確かに居心地のいい場所を作ってくれているけれどもっ、私にもたまにはゴロゴロしてくれたっていいじゃん！」

「うにゃ！　にゃにゃっ！」

「そ、そんなぁ～……って、嘘！　みんなまでディアナさんに引っ付いて……いつの間に闇の精霊までしたがえるように……ディアナさん、なんて恐ろしいのっ」

「あ、あの、光の巫女様？」

「べ、別に、うらやましくなんかないもん。うらやましくなんか、うらやましくなんか……うらやましいよぉ～」

唐突《とうとつ》にビオレッタが泣き出し、ディアナは慌てた。慰《なぐさ》めるべきだと思うのに、どうやら自分が原因らしいこの状況で、なんと声をかければいいのかわからない。

「おや、ビオレッタ。何を泣いているのですか？」

ビオレッタの泣き声を聞きつけたのか、エミディオが廊下からひょっこり顔をのぞかせた。

（王太子殿下！　た、助けて下さいませ！）

半ば途方に暮れていたディアナは、こちらへ歩いてくるエミディオに視線だけで助けを求めた。

二人のすぐそばまでやってきたエミディオは、泣き続けるビオレッタと困り顔のディアナ、そしてディアナに抱かれるネロを見て正しく状況を理解したらしく、おもむろに両手を広げたかと思うと、こう言った。

「おいで、ビオレッタ」

エミディオに呼ばれたビオレッタはぴたりと泣き止み、目元をぬぐう両手を下ろすと、彼に向かって走り出した。ビオレッタは両手を広げて待つエミディオの胸――ではなく、彼の背中に回り込んでぴったりとくっついた。

（そこで背中に行くの!?）

ディアナはそう思わずにはいられなかったが、当のエミディオは予想の範囲内だったのか涼しい顔で、いやむしろどうだと言わんばかりの表情でディアナを見つめている。

「ふふふっ。闇の精霊がどれだけ彼女にくっつこうと、私の背中がありますから安心していいですよ、ビオレッタ」

ビオレッタを受け止められなかった両腕を組み、エミディオが勝ち誇った顔で言い切ると、

「はい！　エミディオ様の背中が一番素敵です！」

ビオレッタはエミディオの背中に顔をうずめ、「むふ、むふふふふ……」と少々不気味な笑い声を漏《も》らし始めた。

（り、理解できない……）

ディアナには、二人の会話の意味が全《まった》く分からなかった。けれど、二人の中できちんと成立し、かつどちらも幸せそうだったのでもうあえて何も言わなかった。


エミディオの背中で何かを補給して復活したビオレッタは、ディアナを自分の部屋に呼んだ。

ビオレッタの部屋は白を基調に慎《つつ》ましくも美しく整えられており、光の巫女たるビオレッタにふさわしい部屋だった。

（さすが、光の巫女様付きの侍女《じじょ》！　巫女様の美しさを正しく理解されている！）

お茶を出してくれた侍女に目線だけで賛辞を送ると、侍女は『そうでしょう』と言わんばかりの視線を返してから、部屋を出て行った。

「お騒がせして、すみませんでした」

ビオレッタはディアナからネロを受け取りつつ謝罪する。ちなみに、エミディオはビオレッタがべたべたしてくれたので満足したらしく、さっさと公務に戻っている。

「お気になさらないでください。仲睦《なかむつ》まじいお二人の様子を拝見し、安心しました」

「うぅっ、その節はお世話をおかけしてすみませんでした！」

ディアナが暗に聖地ひきこもり事件を持ち出すと、ビオレッタは顔を真っ赤にして居心地悪そうに身を縮めた。

（もじもじする光の巫女様、かわいい）

ディアナはもじもじするビオレッタを愛《め》でながら、自分はエミディオのことをとやかく言える人間ではないと悟った。

「ネ、ネロ！　いつものお願い」

照れていても話が進まないと判断したのか、ビオレッタはネロにいつもの影を作ってもらう。影越しでないと自分を見てもらえないというのは、ちょっと切ない。

「実はですね、今日はディアナさんを探していたのです」

「わたくしを、ですか？　また精霊が頼みごとを？」

「ええと、精霊に頼まれて、というのは以前と同じなんですけど。今回は……その、ディアナさんが何か悩んでいるから、話を聞いてほしいと……」

沈黙のまま目を見開くディアナを見て、ビオレッタは慌てて「ええとっ」と言葉を続ける。

「詳しい話は聞いていませんっ、それは安心してくださいね！　精霊は、自分たちの存在が人にとってどれだけ強い影響力を持つのか、きちんと知っているんです。だから、よっぽどのことでもない限り、自分たちから何かを頼んだり話したりしません」

「それは、つまり……わたくしの悩みは、精霊たちが手を差し伸べたくなるほど、深刻……ということですね」

自嘲《じちょう》的に微笑《ほほえ》むディアナに、ビオレッタはますます慌てだしてしまった。そんな彼女へ、ディアナは首を横に振って気にしないよう伝える。

「精霊が心配するのも無理はないかもしれません。本当に、どうすればいいのか分からないのです。まるで月も星もない夜に置き去りにされたよう」

七年前の、あの夜でさえ。ディアナにはミシェルが示した道筋があったというのに。

悩んでいることは認めても、その悩みを打ち明けようとしないディアナへ、ビオレッタはおずおずと問いかけた。

「ディアナさんは、ベネディクト様をどう思っていらっしゃいますか？」

無意識のうちに視線を落としていたディアナは、顔を上げてビオレッタを見る。真摯《しんし》な眼差《まなざ》しでディアナを見つめるビオレッタからは、駆け引きも何もない、まっさらな心を感じた。

（まるで心をさらけ出しているような眼差しね。そんな目で見つめられて、嘘やごまかしを言う輩《やから》がいれば、それは生まれついての悪人だわ）

力を抜くように小さく嘆息《たんそく》して、ディアナはビオレッタと同じように心をさらすことにした。

「わたくしは、ベネディクト様を好ましく思っております。ひとりの人としても、そして、ひとりの男性としても」

「だ、だったら、どうして二人は手を取り合わないのですか？　ベネディクト様がお見合いを続けていると聞きました。惹《ひ》かれ合っているのなら、どうして心のままにその手を取らないのです？」

「光の巫女様は、確か、十六歳でいらっしゃいましたね」

ビオレッタはつぶらな瞳を瞬きさせながら頷《うなず》く。そのしぐさひとつとっても愛らしくて、ディアナは思わず目元が緩《ゆる》んだ。

「わたくしがフェリクスを産んだのが、十六歳です。ミシェル様と結婚したのが十四。謀反《むほん》が起こったのは、十六になったばかりの頃でした」

ビオレッタは何も言わなかった。ただ、ネロを抱く腕に力を込めていた。

「祖国を逃げ出して、今までと全《まった》く違う環境でフェリクスを育てていくのは、本当に大変でした。けれどフェリクスがいたからこそ、わたくしは今日まで生きてこられたのです」

服ひとつ一人で着たことのなかった生粋《きっすい》の令嬢であるディアナが、自分のことだけでなくフェリクスの世話までこなさなければならない。それができるようになれば、今度は仕事を手に入れるために様々なことを覚えた。それこそまさに、手当たり次第だった。

しかしディアナは嘆《なげ》くことも悲嘆することもなかった。そんな暇すら惜しかった、というのが本音だが。

「わたくしはフェリクスによって生かされているのです。そしてだからこそ、わたくしの気持ちだけで何かを選ぶことはできないのです」

穏やかに微笑むディアナへ、ビオレッタは何か言おうと口を開きかけて、けれど結局、何も言わなかった。しゅんと落ち込むビオレッタの頰《ほお》を、腕の中のネロが身体《からだ》を伸ばしてぺろぺろと舐《な》める。慰《なぐさ》められたビオレッタはディアナへと向き直り、ぎこちないながらも笑みを浮かべた。

「ごめんなさい、ディアナさん。あなたはきちんと考えているのに、余計なことを言いました」

「いいえ、気になさらないでください。ビオレッタ様のおかげで、少し、前が開けた気がします。一人でぐるぐる考えるよりも、誰かに話を聞いてもらったほうがいいですね」

「ディアナさん……」

「わたくしにとって何よりも優先するべきことはフェリクスです。フェリクスにとって最善であろう未来を、選び取りたいと思います」

ディアナは丁寧《ていねい》に淑女《しゅくじょ》の礼をすると、ビオレッタの前から辞した。何か言いたげな視線を背中に感じたけれど、振り返ることなくその場を去る。

帰る準備をするため、私物置き場へと向かっていたディアナは、ふと、廊下《ろうか》の窓からのぞく中庭にベネディクトの姿を見つけた。見合い中なのだろう。ベネディクトは一人の令嬢をエスコートしている。ベネディクトに手を引かれて歩く令嬢は、ビオレッタとそう年の変わらないかわいらしい少女で、彼女は頬をバラ色に染めながら、熱のこもった目でベネディクトを見つめていた。

初々《ういうい》しい二人をじっと見つめていたディアナは、その足で自分の上司のもとへ向かい、明日一杯で仕事を辞める許可をもらった。

あくる日、ディアナは丸一日を費《つい》やして後任のメイドへの引き継ぎを行った。急な話ではあったが、それほど手こずることもなくすんなりと終えることができた。

（普段から日替わりで仕事をしているようなものだし、使用人が突然辞めるなんてままあることだから、皆も慣れたものよね）

アンナだけは涙を流して引きとめようとしていたが、他の同僚たちは別れを惜しんだり訳を追及しようとはしなかった。

「ディアナさん、お帰りなさい。今日もお仕事お疲れさまでした」

仕事を終えてフェリクスを迎えに来たディアナを、ベネディクトが迎えた。彼は奥の部屋で友達と遊んでいるらしいフェリクスを呼びよせ、ディアナのもとへ返す。

「ベネディクト様、ありがとうございました」

「いいえ。フェリクスはあまり手がかからないからね。むしろ小さい子たちの面倒を見てくれるから、こちらがお世話になっているくらいだよ」

「ぼくね、いつかお兄ちゃんになるんだ」

「まぁ、ふふふっ。フェリクスならきっと優しいお兄ちゃんになりそうね。……ベネディクト様？　何をそわそわしているのですか？」

「なっ、何でもないよっ！　そわそわなんてしていない。いつも通りだよ」

ベネディクトは大げさに手を振り回しながら否定したかと思うと、明後日《あさって》の方を向いて「そっか、兄弟……兄弟か……」と何やらぶつぶつと言い始めた。小さい声なのでいまいち聞き取れないが、ベネディクトが挙動不審なのはいつものことだ。そっとしておくことにした。

「母様、今日はどこかへ行くの？」

フェリクスはディアナが持つ袋を指さす。普段は簡単な手荷物しか持たないディアナが大きめの袋を持っているのだから、不思議に思うのも無理はなかった。

「今日は城の外で夕飯をとろうかと思って。ついでに、小さくなって着られなくなったあなたの服を売りに出すのよ。新しい服も買いましょうね」

「新しい服を買うの!?　やった！」

フェリクスは両手を上げて喜び、早く行こうとばかりにディアナのスカートを引っ張る。ディアナはそんなフェリクスを落ち着かせ、ベネディクトと向き合った。

「ベネディクト様、本当に、お世話になりました」

ディアナはベネディクトの目をまっすぐに見つめながらそう言い、深々と頭を下げた。本当は淑女の礼をしたかったが、そうすればベネディクトは気づいてしまうだろう。

（鈍感なようで、不思議と敏《さと》い人だから）

ディアナが姿勢を戻せば、ベネディクトは怪訝《けげん》そうに眉間《みけん》にしわを寄せてこちらを見ている。彼が何かを言う前に、ディアナはフェリクスを連れて施設から出た。


フェリクスを連れて城から出たディアナは、エミリアンが待つ宿屋へ向かった。再会したあの日以来、ディアナはエミリアンと会うどころか手紙すら交わしていない。

なんの連絡もせず部屋を訪れたディアナたちを見て、エミリアンはまずわずかに驚き、そのあと、心底安堵《あんど》したように表情を和《やわ》らげた。

「来てくれたんだな……よかった……もう、戻ってこないかと思った」

「待たせてしまってごめんなさい。けれどそのおかげで、決心がついたわ」

ディアナは背中に隠していたフェリクスを、エミリアンにも見えるよう自分の前に立たせる。

「この子がフェリクスよ」

ディアナはフェリクスの両肩に手を置く。突然見知らぬ男性に紹介されたフェリクスは、不安げに背後のディアナを振り返った。

「大丈夫。この人はね、母様の古い友人なの。さぁ、ご挨拶《あいさつ》なさい」

「待ってくれ、リディ。私から名乗らせてほしい」

エミリアンは挨拶しようとするフェリクスを止めると、フェリクスのすぐ目の前で跪《ひざま》ずいて頭《こうべ》を垂れた。

「私はエミリアン・サヴォワ。ヴォワールの東の果てを守る辺境伯《へんきょうはく》です。この度《たび》は、フェリクス様の御前に立つことができ、この上ない喜びを感じております。よくぞ、生き残ってくださいました」

エミリアンは顔を上げ、驚き戸惑うフェリクスを見つめる。そして、かすかにふるえる小さな手を取り、優しく微笑《ほほえ》んだ。

「ミシェル様にそっくりですね。まるで幼い日に返ったようだ」

「父様を、知っているの?」

「ええ。私とリディ……あなた様のお母様は幼馴染《おさななじみ》なのです。リディを通じて、ミシェル様とも交流がありました」

「ヴォワールの人が、どうしてここにいるの？　もう関係ないって言っていたじゃないか！　母様を連れ戻すつもり!?」

　フェリクスはエミリアンの手を振りほどき、ディアナの足にしがみついた。エミリアンは跪ずいた姿勢のまま、払われた手を自らの胸に当てる。

「怖がらせてしまい、申し訳ありません。ですがどうか、これだけは信じてください。私は確かにヴォワールの人間ですが、リディやあなた様に危害を加えるつもりはありません。私はお二人を守りたいのです！」

　エミリアンが必死に言いつのっても、フェリクスはディアナの足にしがみついたまま首を横に振るだけだった。途方に暮れたエミリアンが視線だけでディアナに助けを求めると、彼女は膝をついてフェリクスの顔を覗《のぞ》き込んだ。

「心配いらないわ、フェリクス。この人はわたくしたちを守るためにここへ来たのよ」

「守るって、どういうこと？　この人もここで暮らすの？」

「いいえ、違うわ。わたくしたちがこの人の領地へ行くの。わたくしたちは、家族になるのよ」

「家族？」とつぶやき、フェリクスは信じられないといった様子でディアナを見つめた。

「好きでもない人と、家族になるの？　母様はおじさんが好きなんでしょう？　どうしておじさんがだめで、この人ならいいの？　わからないよ！」

「あなたがミシェル様の子供だからよ。あなたはヴォワールで生きるべきだわ。それにベネディクト様は……もっと他に、ふさわしい人がいます」

（この間一緒に歩いていた令嬢のように……ベネディクト様だけを恋い慕《した》う女性が隣に立つべきだわ）

ディアナは両手を握りしめ、わずかに視線を逸《そ》らす。その迷いを、フェリクスは見逃さなかった。

「母様、聞いて。おじさんね、お見合いをやめたんだよ。全部断ったって、今日教えてくれたんだ」

思いもよらぬ言葉に、ディアナは視線をフェリクスへと戻す。じっと見つめるフェリクスの瞳は、まるでディアナを責めているかのようだった。

「そんな……どうしてそんなことを……」

「母様が好きだからだよ」

「好きって、でも、そんなの……」

ディアナは驚きのあまり考えがまとまらず、まともな言葉を出せないでいると、突然、扉がノックされた。

「私が出る。二人は奥へ」

緊張をはらんだ声でエミリアンが指示すると、ディアナはフェリクスを連れて扉から死角となる位置に移動する。ディアナが膝をついてフェリクスを胸に抱くのを確認してから、エミリアンは扉をわずかに開いた。

「どちら様かは知らんが、私に何か用か？」

顔半分ほど開いた隙間《すきま》からエミリアンが問いかければ、訪問者はまるで部屋の奥へ聞かせるかのようなよく通る声で言った。

「私の妻と息子を取り返しに来た」

普段の彼からは想像もつかないはっきりとした声で言い切ったかと思うと、ドンと激しい音が響いて扉が勢いよく開き、扉を押さえていたエミリアンが吹っ飛んだ。開け放たれた扉は壁にぶつかり、わずかに跳ね返る。扉から死角となる位置に座るディアナは、跳ね返った扉の向こう側から伸びる足を見て、訪問者が扉を蹴破《けやぶ》ったのだと気づいた。

「ディアナ！　フェリクス！」

扉を蹴破った人物はディアナたちの名前を呼びながら部屋に入ってくる。その人物を見るなり、フェリクスはディアナの腕を振りほどいて走り出した。

「おじさん！」

乱入してきた人物――ベネディクトは、駆け込んできたフェリクスをしっかりとその胸に抱きとめ、強く抱きしめた。

「よかった、フェリクス。無事でよかった」

ここまで走ってきたのだろう。フェリクスを抱きしめるベネディクトはこめかみや首筋に汗がにじみ、ゆるく編んでいた三つ編みはほどけかけている。

「ベネディクト様……どうして、ここに？」

「エミディオが知らせてくれたんだ。君が突然辞めると言い出したとね。この場所は、巫女《みこ》様が精霊から聞き出してくれたよ」

メイドがひとり辞めたぐらいで王太子まで報告が上がるはずがない。つまり、エミディオはディアナの動向をずっと見張っていたということだ。

（どうりで……個人の仕事なんてほとんどない掃除メイドが引き継ぎなんて、おかしいと思ったのよ）

昨日で辞めたいと言ったディアナに上司が引き継ぎを頼んだ時点で、エミディオの手の内だったのだ。さらにはビオレッタさえもベネディクトに協力するとは、予想もしていなかった。

「妻と子供などと世迷言《よまいごと》を……貴様はいったい何者だ！」

打ち付けたらしい後頭部を撫《な》でさすりながら起き上がったエミリアンが追及すると、ベネディクトは両腕を組んで彼を見下ろす。まるでエミディオが乗り移ったみたいだった。

「私の名前は、ベネディクト・ディ・アレサンドリ。現国王の弟であり、聖地を守る神官だ。フェリクスは私の子供だ。それは、アレサンドリ神国王も認めている」

「何を、バカな。フェリクス様はミシェル様の子供だ！　ほかならぬ、リディがそう証言している」

「リディ？」と、ベネディクトは眉《まゆ》をピクリと動かす。

「リディなどという名前の人はここにはいない。いるのはディアナ・エスパルサとその息子だ。彼女は私の妻となる女性だ。お前のような若造に渡しはしない」

「妻などと――」

「そもそも、なぜいまさらになって迎えに来た？　もっと早くに来るべきだろう」

「それはっ……王がリディの死を信じたからだ」

「リディアーヌの死など、いくらでも偽装できただろう。現に、ヴォワールの王は我々が流した嘘の情報を簡単に信じた。本当に彼女を助けたかったのなら、機が熟すのを待つより、自ら動くべきだったんだよ」

エミリアンは反論できず、悔しそうに両手を握りしめる。火花を散らし合う二人の間に、ディアナが慌てて割り込んだ。

「ベネディクト様、お待ちください！　七年前、エミールはまだ十四歳だったのです。わたくしを逃がすだけで精いっぱいなのも仕方がないでしょう。それに、そのあとも父親から継いだ領地を守るために必死で、わたくしを助ける余裕などあるはずがないのです」

「エミール……」とつぶやいて、ベネディクトは目を細めた。

（は、え……どうしてにらまれるの？）

鋭い視線に射すくめられ、ディアナの背中にひやりと冷たいものが走る。しかしすぐ、その視線はエミリアンへ向けられた。

「七年間ほったらかしていたことはこの際追及しないでおこう。聞きたいことはまだあるんだ。君がほったらかしていた七年の間に、ディアナは居場所を手に入れた。それを取り上げてまで、彼女とフェリクスを連れ帰る理由は?」

「愚問《ぐもん》だ。フェリクス様はミシェル様の子供。ヴォワール王家の血を受け継いだ尊《とうと》いお方。その血を絶やさぬためにも、私がお守りするのだ!」

「守るなどと言っておきながら、その実、遠くない未来にフェリクスを担《かつ》いで反乱を起こすつもりだろう」

ベネディクトがエミディオさながらの黒い笑みを浮かべて指摘すると、エミリアンは顔を真っ赤にして「違う!」と叫んだ。

「私は王弟のような卑《いや》しい野望は持ち合わせていない! 私はただ、ミシェル様の血を受け継ぐフェリクス様を、そしてその子孫を守りたいだけだ!」

「君がそう思っていても、他の人たちは? 君の言う通り、フェリクスは尊い血を継いでいる。その子孫が将来、戦争を起こすための口実にされるかもしれない。君はそこまで考えて動いているのか?」

「それは……」

エミリアンはその可能性まで考えていなかったのか、言葉に詰まる。それはディアナも同じだった。エミリアンという人物をよく知っているから、彼がフェリクスを利用するはずがないと言い切れるが、その先は？　フェリクスの子供か孫か、それとももっと先の未来に、ミシェルの血を受け継いでいるという理由で、何かしらの災《わざわ》いをヴォワールにもたらすかもしれない。

（フェリクスはミシェル様の子であり、正真正銘《しょうしんしょうめい》ヴォワールの王族よ。だから、たとえ王族と名乗れなくともそれにふさわしい環境を作ってあげたいと思ったのに……）

このままエミリアンの手を取ってヴォワールへ向かえば、フェリクスの存在が未来永劫《えいごう》続く禍根《かこん》となる。そんな場所へ連れていくことが果たしてフェリクスの幸せになるのだろうか。

「母様」

迷い悩むディアナに、フェリクスの落ち着いた声がかかる。いつの間にか、フェリクスはディアナの目の前に立っていた。

フェリクスの新緑の瞳はディアナを責めるでもない、問い詰めるでもない眼差《まなざ》しで、ひたりと、ディアナを見つめる。

「ぼくはヴォワールになんて行きたくない。母様が愛した父様のことは好きだけれど、ぼくはずっとここにいたい。一緒にいるなら、おじさんがいい」

「フェリクス……」

「ねぇ、母様、もうぼくを言い訳にしないで。ぼくのことばかり考えて決めたりしないで。ちゃんと、母様の幸せも考えて」

ディアナの心臓が冷え切る。あまりの衝撃に、がくがくと身体《からだ》が震えた。

ディアナはずっと、フェリクスの幸せを考えてきた。自分はフェリクスによって生かされてきたから、全てをフェリクスに捧げていこうと決めていた。

（けれどそれは、都合のいい言い訳だったの？）

そんなはずはないと言い切れるのに、肝心《かんじん》のフェリクスが、何よりも幸せにしたいフェリクスが、ディアナの愛に負い目を感じている。

（それでは意味がない。意味がないのよ！）

自分の幸せを考えろとはどういうことなのか。フェリクスの幸せがディアナの幸せだと思ってきたけれど、それではフェリクスは幸せにはなれない。

「ぼくに幸せになってほしいなら、母様が幸せになって。ずっとぼくのことばかり考えて生きてきた母様だから、本当に好きな人の手を取ってほしいんだ」

（本当に、好きな人……）

ディアナの頭に浮かんだのはただ一人。それはミシェルでも、ましてやエミリアンでもない。

「ディアナさん」

ベネディクトがフェリクスと替わってディアナの前に立つ。

「私は、君に謝らなければならない。以前、君が今の距離を保ちたいと言ったとき、君の想いを優先させるふりをして、その実、私は逃げたんだ。初めての感情に戸惑い、持て余していたから、君の提案をこれ幸いにと、自分の心と向き合うことから逃げ出したんだよ。本当はちゃんと向き合って、君に気持ちを伝えるべきだったのに」

視線を落として後悔を吐露するベネディクトは、言葉を止めて一度深呼吸をしてから、ディアナをまっすぐにとらえた。

「私は、君が好きだよ、ディアナ。君とフェリクスの人生に、私も加わらせてほしいんだ」

「でも……でも……わたくしは、フェリクスの母親で……ミシェル様の――」

「ディアナ」

混乱し、ぽつぽつと言葉を漏《も》らすディアナを、ベネディクトの強い声が制止する。ベネディクトはディアナの両手を取り、揺れ動く彼女の瞳を一心に見つめた。

「これから私は、君に残酷《ざんこく》なことを言うよ」

そう前置いてから、ベネディクトは静かに、言った。

「ミシェルは死んだ」

さまよっていたディアナの瞳が、ベネディクトの瞳をとらえる。

「七年前の政変で、ミシェル王太子はその命が尽きるまで戦い抜いた。もうこの世にはいない。死んだんだよ、ディアナ」

ミシェルは死んだ。ミシェルは死んだ。ミシェルは死んだ――ベネディクトの言葉が、ディアナの頭の中で何度も反響する。

ディアナは身体をこわばらせ、呼吸を激しく乱す。今にも崩れ落ちそうな彼女を、ベネディクトは握りしめる両手に力を込めることで何とか押しとどめた。

ミシェルは死んだ。そんなこと、知っていた。考えずとも分かることだ。王弟が王となった時点で、ミシェルの死は確定しているのだから。

けれど、あの当時のディアナには、その死の真相を突き止めるすべがなかった。戦いの中で命を散らせたのか、捕らえられて処刑されたのか分からなかったから、ディアナはミシェルの死をきちんと受け止めなかった。

もしかしたら生きているかもしれない。そんな淡い幻想を、ずっと心の奥底に抱えて生きてきたのだ。

（あぁ、本当だ。フェリクスの言う通りだわ。わたくしはフェリクスを言い訳にしていたのよ）

ベネディクトの手を取るということは、ミシェルの死を認めて向き合わなければならない。それが出来ないから、ディアナはフェリクスを言い訳にして逃げていたのだ。

ミシェルは七年前に死んでいたのに。ディアナに王の指輪を託して。最後の希望を胸に、死してもなお、負けはしないと、この戦いに負けても、決して屈服はしないと信念を貫き、そして鮮烈に命を散らせた。

もうディアナを迎えに来てはくれない。

ディアナと、呼んではくれないのだ。

「ぅあ……あ、あぁっ……ああああああっ！」

ディアナは泣き叫んだ。腹の底から声を張り上げ、七年分の悲しみを、孤独を、つらさを、全て吐き出すかのように。

ベネディクトはそんなディアナを抱きしめ、フェリクスも泣きながらディアナの足にしがみつく。それはまるで、ベネディクトとフェリクスが、ディアナのむき出しの心を守っているかのようだった。

結局、ディアナはエミリアンの手を取らなかった。ディアナの決断を、エミリアンは静かに受け止めた。

「私はきっと、リディに甘えていたのだと思う。だからこそ、迎えに来るのに七年もかかってしまったんだ。リディとフェリクス様を、よろしく頼む。フェリクス様が認めたあなたなら、きっとリディを幸せにできると信じている」

エミリアンはベネディクトに深々と頭を下げて、アレサンドリから去っていった。

アレサンドリに残ったディアナは、翌日高熱を出して倒れた。七年間ずっと張りつめていた緊張の糸が緩《ゆる》んで、精神的な疲れが出たのだろう。

寝込むディアナの面倒を、フェリクスとベネディクトが献身的に診《み》た。ベネディクトに至ってはディアナの部屋に泊まり込んで看病を行い、お見合いを断ったことも相まって、ベネディクトとディアナはそういう間柄なのだと城中の人間が認識してしまった。

三日もすれば熱が下がり、四日目にしてディアナは仕事に復帰した。ディアナは仕事を辞めたと思っていたのだが、上司は休暇として処理していたらしい。前々からエミディオにそう指示を受けていたと教えられたとき、ディアナはエミディオの空恐ろしさに乾いた笑いを浮かべた。エミディオほど国王にふさわしい男はいないと思う。

同僚たちも休暇を与えられたと説明されていたらしく、いくら何でもあっさりしすぎだろうと思っていた皆の反応は、ディアナの人望の問題ではなく休暇だと思っていたからかと安堵《あんど》したのは秘密である。ただ一人、ディアナから直接辞めると聞かされていたアンナだけは、ディアナの復帰を泣いて喜んでいた。すべては話せないが、彼女には後日事情を説明しようと心に決める。

ベネディクトとディアナは城中の人間が公認する仲となったが、だからといってディアナの生活が劇的に変わることはなかった。

ディアナの熱が下がるなりベネディクトは自分の部屋に戻っていったし、ディアナも職場復帰を果たしている。定期的にベネディクトの部屋を訪れては掃除をし、そのあと二人でお茶を飲みながら他愛《たわい》のない話をする習慣も継続中だった。

だが、何も変わっていないわけでもない。


「屋敷を買う？　王都にですか？」

ベネディクトの言葉を復唱し、ディアナは頭に浮かんだ疑問を口にしながら首を傾《かし》げた。

歴代の聖地を守る神官が残した見事な調度品《ちょうどひん》に囲まれつつお茶を楽しんでいたディアナに、ベネディクトが世間話の延長で屋敷を買うつもりだと話したのだ。王弟であり高位の神官でもあるベネディクトなら、どれだけ一等地だろうと簡単に屋敷を買うことができるだろうが、こんな素晴らしい部屋を持っているのになぜわざわざ買う必要があるのだろう。

「私が代役を務めていた教師がもうすぐ復帰するんだ。出産が近づけばまた休むだろうけど、そのころには交代の教師が決まっているだろうから、私の出番はないだろうね」

（教師の仕事が終わるのと、屋敷を買うことになんの関係が？）

「つ、つまりだね。君たちに会える時間が減ってしまうから、だったらいっそ、一緒に暮らせる屋敷を買ってしまおうかと思って……」

もごもごと説明したかと思うと、ベネディクトは顔を真っ赤にしてうつむいた。

(これはつまり、プロポーズ……なのかしら?)

ディアナとベネディクトは城中が認める仲だ。国王も身分は問わないと言っているし、二人がいずれ結婚することは当然の流れだった。

だけれども——

(わたくし、まだ自分の気持ちを伝えていないのですが……)

実際はまだお付き合いすら始まっていないことに、ベネディクトは気づいているのだろうか。

エミリアンの前でベネディクトの告白を受けたとき、ディアナは泣き崩れて話ができる状態ではなかった。そのあとも熱を出して寝込んでしまったし、やっと熱が下がったかと思えばベネディクトはさっさと帰ってしまい、ディアナが気持ちを伝える暇はなかった。

その後、二人でお茶をしても特に甘い雰囲気《ふんいき》になることはなく、ディアナの気持ちを聞いてくることも、ましてやベネディクトがもう一度告白してくれるということもなく、月日だけが過ぎていった。

結局、自分たちはどういう関係なのだろうかとディアナが思い始めたところへ、今回の家購入話である。

(ベネディクト様の中では、わたくしたちは結婚を前提にしたお付き合いをしていた、ということなのかしら。そうよね、じゃないと家なんて買わないわよね)

恋人にすらなっていない相手に、君と結婚したいから家を買ったよ、と言ったなら、たいていの女性は驚き、戸惑い、追い詰められたような心境に陥《おちい》るだろう。しかもベネディクトの場合、結婚の意思は明確にせず、ただ一緒に暮らすための家を買ったとだけ言っているのだ。

遠回しで特異なプロポーズを受けたディアナの答えはひとつだが、何となく、素直に答えるのもしゃくなように思えた。ので、ディアナはわざとらしく感心しながら言った。

「要するに、ベネディクト様は春までフェリクスと会えないのが我慢できないのですね。本当に、あなた様はあの子が大好きですね」

「それは違う！　いや、違わないけども……それだけじゃなくて、その……」

ベネディクトは立ち上がって否定しかけたものの、その勢いは続かず、最後はへなへなとしぼむようにソファに座りなおしてしまった。背を丸めて自分の何がいけなかったのだろうと反省するベネディクトをひとしきり堪能《たんのう》したディアナは、ニヤニヤしてしまう顔を何とか引き締めて「ベネディクト様」と声をかけた。

「調度品《ちょうどひん》の管理はわたくしにお任せくださいね」

うつむいたまま視線だけをよこしていたベネディクトは、ディアナの言葉を聞くなりぴんと背筋を伸ばした。

きらきらと目を輝かせるベネディクトに、ディアナはこらえきれず笑みを浮かべる。

「フェリクスともども、末永く、よろしくお願いしますわ」

ディアナの返事を聞いたベネディクトは目を大きく見開いて固まったかと思うと、勢いよく立ち上がり、両手を掲《かか》げて喜びの声を上げたのだった。

翌日、やっとベネディクトがディアナにプロポーズし、承諾《しょうだく》を得ることができたと、城中の人間がほっと胸を撫《な》でおろしたことをベネディクトは知らない。

ディアナ・エスパルサ。

聖地を守る神官であるベネディクト・ディ・アレサンドリの妻である彼女の出自《しゅつじ》は分かっておらず、ベネディクトと結婚した時にはすでにひとり子供を産んでいたという説もある。

ベネディクトとディアナが政治の表舞台に立つことはなかったが、第十四代アレサンドリ神王エミディオと、その妻ビオレッタに寄り添い、精霊の地位向上を目指して奮闘する二人を陰で支え続けていたという。

余談ではあるが、ディアナとベネディクトの間に生まれた第一子、フェリクス・ディ・アレサンドリは、家督を継がずにヴォワールとの国境を守る辺境伯《へんきようはく》の娘と結婚し、のちに起こったヴォワールとの戦《いくさ》では、目覚ましい戦果を挙げて国境を守り抜いたという。

おまけ　ベネディクトの、プロポーズ大作戦！

七年分の疲れからきた熱が引き、ディアナが無事仕事復帰を果たしてから数日。大きな変化はないものの、一歩ずつお互いの歩調を合わせていくようなディアナとの日々に、十分満足していたベネディクトだったが——。

「ところで、ディアナさんにプロポーズは済ませたんでしょうね、叔父上《おじうえ》」

エミディオの言葉に、ベネディクトは口に含んでいたお茶を盛大に噴き出した。

「その様子だと、全く考えていなかったようですね」

「かっ、考えるも何も、私たちはついこの間お互いの気持ちを確認したばかり……」

言いかけて、ベネディクトははたと気づいて口を閉じる。

そういえば、ベネディクトからディアナへ想いを告げたが、ディアナからそれに対する返事を聞いていない。

表情をなくして固まるベネディクトを見て、エミディオは「まさか……」と目を見開く。

「ディアナさんの気持ちを、確認していないんですか!?」

「いや、だって、あの状況で返事の催促《さいそく》なんてできるわけないし……」

「あのあとしばらくディアナさんの部屋に滞在していたじゃないですか！」

「あれは、泊まり込みで看病していたんだよ。幼いフェリクスにディアナを任せるなんて酷《こく》だろう」

「そんな……ちゃんと気持ちを確かめもしないで、よくのんきにお茶なんて飲めますね」

ベネディクトは何も言えなかった。返事を聞いたつもりでいたなんて言ったら、かわいい甥《おい》っ子が恐怖の大王に変貌《へんぼう》するのは目に見えていたからだ。

しかし、勘違いしてしまうのも仕方がないとベネディクトは思う。フェリクスはベネディクトのことを認めているし、ディアナを連れ帰ろうとしていたエミリアンもベネディクトに彼女を預ける形で帰ったから、もう自分はディアナの恋人になった気でいたのだ。

一番肝心《かんじん》である、本人の気持ちを確認していなかったというのに。

ベネディクトは頭を抱えてがっくりとうなだれた。一世一代の告白を、もう一度やるなんて無理だ。だからと言って、ディアナに気持ちを問いかけるなんてもっとできない。

どうすればいいのかと絶望するベネディクトをあきれた表情で見つめたエミディオは、長いため息とともに首を左右に振った。

「仕方ありません。こうなったら、プロポーズしてしまいましょう。承諾《しょうだく》をもらえたなら両想い。断られたら叔父上の片想い。分かりやすいでしょう？」

「た、確かにその通りだが……もしも断られたら、私はどうすればいいんだ」

年上の威厳も何もないベネディクトの情けない言葉に、エミディオはそれはそれはいい笑顔を浮かべて言った。

「その時は、いったん引き下がりつつ外堀を埋めて逃げられないようにすればいいんです」

光の精霊が歓喜するそのきらきらしい笑顔と、背後にうごめく大量の闇の精霊を見ながら、ベネディクトは初めて、エミディオに執着されているビオレッタに同情した。


「それで、プロポーズというのは……具体的に何をすればいいんだい？」

「そうですねぇ……私たちの場合は始まりが政略結婚ですから状況も違いますけれど、ちゃんとお互いの気持ちを確認したうえで、結婚してくださいと素直に伝えましたよ」

「そ、そっか……二人の結婚は周りが決めたことだったたね」

ベネディクトがそう頷《うなず》くと、エミディオは「ふふふっ」と微笑《ほほえ》み、背中に背負う影が一回り膨《ふく》れ上がる。それを見たベネディクトは、ただただビオレッタの幸福を祈った。

「せっかくです。何かプレゼントでも差し上げてはどうですか？」

「それはつまり……婚約の証《あかし》になるものを贈ればいいのかな？　結婚式でお互いに渡す指輪のような……」

「そうですね。ですが、ディアナさんの場合メイドですから、装飾品は身に着けられないかもしれません。まぁ、叔父上と結婚するならば、いずれ仕事は辞めることになるでしょうけれど」

ベネディクトと結婚すれば、ディアナは公爵夫人となる。貴族の頂点ともいえる地位にいる人物が、メイドなどできないだろう。

モップを片手にちゃきちゃきと動き回るディアナを見られなくなると思うと、ほんの少し寂しい気がした。

エミディオと別れたベネディクトは、日課の散歩に出ることにした。精霊の先導について行きながら、ディアナに何を贈るべきか考える。

宝飾品は仕事の邪魔になるだろうし、美術品は喜びそうだが婚約を申し込むときに渡すものではない気がする。几帳面《きちょうめん》で無駄を嫌うディアナならば、きっともっと実用的で必要性のあるものを好むはずだ。

「……っ、そうだ！」

天啓《てんけい》を得たベネディクトはやったぞとばかりに拳《こぶし》を握り、その足で目的のものを物色しに行った。

数日後――

「叔父上、あなたが王都に家を買おうとしている……という妙な噂《うわさ》を耳にしたのですが、本当ですか？」

いつになく神妙な面持《おもも》ちで部屋を訪れたエミディオが、出されたお茶に手を付けることもなく開口一番に言った。それに対し、ベネディクトはきょとんとした顔で首を傾《かし》げる。

「本当だよ。ディアナさんにプロポーズするとき、渡そうと思って」

「家を、ですか!?」

「うん。だって、結婚するなら、三人一緒に暮らす家が必要でしょう？」

「確かにそうですが……なんというか、そこまでするとと相手を追い詰めるような……」

「追い詰める？」

「…………いえ、何でもありません。私はただ、叔父上の健闘を祈るだけです。骨は拾いますから！」

なぜだか必死に応援されてしまったベネディクトは、多少の引っ掛かりを覚えながらも素直にお礼を言った。

後日、プロポーズの成功を聞いたエミディオが、ディアナの聡明さと懐《ふところ》の広さに感服し、やはりベネディクトにはディアナしかいないとしみじみ思ってしまったことを、ベネディクトは知らない。

あとがき

こんにちは。秋杜《あきと》フユでございます。このたびは『ひきこもり神官と潔癖メイド　王弟殿下は花嫁をお探しです』を手に取っていただき、誠にありがとうございます。

前作『ひきこもり姫と腹黒王子』に出てきました、「目の上のたんこぶ」こと間の悪い男ベネディクトが恋愛します。エミディオやビオレッタ、精霊も興味津々《しんしん》です。

まさかの続編！　スピンオフです！　前作『ひきこもり姫と腹黒王子』を手に取ってくださった読者様のおかげです。本当にありがとうございます！

今回、ベネディクトのお話を書く上で困ったことは、ただひとつ。下手《へた》をするとベネディクトが普通の人になってしまうということでした。ベネディクトは天然なので狙ってボケさせるわけにもいかず、自分の周囲の人たちから天然エピソードを見つけ出そうと必死でした。そこへ家族から「自分のことを書けば？」と言われてしまい、自分で自分を客観視出来たらそれはすでに天然ではない、とまじめな顔で言い返したのもいまではいい思い出です。

天然を軸《じく》にお話が進みますので、前作と比べると笑い成分がちょっぴりおとなしめです。ビオレッタは変態でしたから。変態の破壊力はすごかったんだな、と実感しました。

また、今回は購入者特典のビオレッタとエミディオが主人公の短編が、帯のコードから読んでいただけます。今作の第二章での二人の顚末《てんまつ》を書きました。読者の皆様が前作を気に入ってくださったからこその今作ですので、ぜひぜひ、その後の二人をお届けしたく、本編後のおまけにビオレッタたちのお話を入れられないかと相談した結果、購入者特典としてたっぷり書きましょう、ということになりました。そちらも合わせてお楽しみいただけると幸いです。


担当様、今回スピンオフを書くと決断するまでの長い長い相談や、思いのほかほのぼのになってしまった今作への的確なアドバイスなど、何から何まで本当にありがとうございました。

イラストを担当してくださいました、サカノ景子《けいこ》様。大変お忙しい中、引き受けてくださりありがとうございます。カバー絵のベネディクトの、あの何とも言えない、のほほん感。完璧《かんぺき》です！　さすがです！　本当にありがとうございました！

そして最後に、この本を手に取ってくださいました読者の皆様。心より感謝申し上げます。

前作を読んだ読者様も、読んでいない読者様も、どちらも楽しんでいただける作品を目指しました。のんびりマイペースな二人を少しでも気に入っていただけたならとても幸せに思います。

ではでは、次の作品でお会いできることを祈っております。

秋杜フユ

※この作品はフィクションです。実在の人物・団体・事件などにはいっさい関係ありません。

あきと・ふゆ

２月28日生まれ。魚座。Ｏ型。三重県出身、在住。『幻領主の鳥籠』で2013年度ノベル大賞受賞。趣味はドライブ。運転するのもしてもらうのも大好きで、どちらにせよ大声で歌いまくる迷惑な人。カラオケ行きたい。最近コンビニの挽きたてコーヒーにはまり、立ち寄るたびに飲んでいる。

ひきこもり神官と潔癖メイド

王弟殿下は花嫁をお探しです

COBALT-SERIES

2015年12月10日　第１刷発行
2016年３月31日　第２刷発行

★定価はカバーに表示してあります

著　者　秋　杜　フ　ユ
発行者　鈴　木　晴　彦
発行所　株式会社　集　英　社
〒101－8050
東京都千代田区一ツ橋２—５—10
電話　【編集部】03-3230-6268
【読者係】03-3230-6080
【販売部】03-3230-6393（書店専用）

印刷所　凸版印刷株式会社

ISBN978-4-08-601882-1 C0193

本音ダダ漏れ!?
二重音声ラブコメ♥
ひきこもり姫と腹黒王子 VS
ヒミツの巫女と目の上のたんこぶ
秋杜フユ
イラスト／サカノ景子
魔術師の少女ビオレッタは
突然「光の巫女」に選出された。
しかも、巫女修行を
サポートするのは、
腹黒王子エミディオで!?
コバルト文庫
好評発売中